Im Zauberland des Frühlings

Die schönsten Frühlingsgeschichten
und Gedichte für Jung und Alt

Vera Hewener

Leicht und frisch wie der Frühlingswind sind die Geschichten, Märchen, Gedichte und Notizen von Vera Hewener. Sie stecken mit Lebensfreude an und öffnen die Herzen wie die Knospe, die zu blühen beginnt. Da tummeln sich Bienen und Eichhörnchen, ein Spechtel hat ein Techtelmechtel, Julius hilft einem Rehkitz, ein Spatz entdeckt seine Stimme, Tina rettet die Narzissen, Maria taucht ins Zauberland der Tulpen ein und Thomas erwartet ein besonderes Ostergeschenk. Geeignet für Jung und Alt zum Lesen und Vorlesen.

Vera Hewener, Jahrgang 1955, Dipl.-Sozialarbeiterin, veröffentlicht Lyrik, Erzählungen und Bühnenstücke. Mehrfach international ausgezeichnet, u.a. Superpremio Cultura Lombarda (I) 2001, 1. Preis Deutsche Sprache 2004 (F), Grand Prix Européen de Poésie (F) 2005, Goethe Trophäe (F) 2007, Wilhelm Busch Preis (F) 2017.

Pressesplitter
„Anmutige, unverbrauchte Bilder findet Vera Hewener für das unaufhaltsame Werden und Vergehen der Natur, für dieses Wunder der ständigen Erneuerung und ganz besonders für den Duft und Blütenglanz des Frühlings... Der Mensch ist geborgen und eingebunden in diesen Naturkreislauf, obwohl der ihn nicht braucht in seiner Vollkommenheit. Heweners überzeugendste Gedichte sind von Leichtigkeit und Zartheit getragen, sie erfassen spielerisch das unverkennbare Aroma des Frühlings." Ruth Rousselange, Saarbrücker Zeitung 06.06.2017.

Im Zauberland des Frühlings

Die schönsten Frühlingsgeschichten
und Gedichte für Jung und Alt

Vera Hewener

Bibliografische Information der Deutschen Nationalbibliothek: Die Deutsche Nationalbibliothek verzeichnet diese Publikation in der Deutschen Nationalbibliografie; detaillierte bibliografische Daten sind im Internet über dnb.dnb.de abrufbar.

© 2025 Vera Hewener
Illustration: Bild von Ennaej auf www.pixabay.de
Verlag: BoD · Books on Demand GmbH, In de Tarpen 42,
22848 Norderstedt, bod@bod.de
Druck: Libri Plureos GmbH, Friedensallee 273, 22763 Hamburg
ISBN: 978-3-7693-3891-1

Gewidmet meiner Familie,
ganz besonders Helmut,
Alexander, Tanja und Enkel Felix.

INHALTSVERZEICHNIS

JULIUS UND DAS REHKITZ

Was war das für ein strenger Winter! Am Fuß des Gebirges bedeckte eine dicke Schneeschicht die Landschaften und Dörfer. Die Luft war schneidig kalt, aber klar und frisch. Julius saß am Kamin in der Stube seines Großvaters auf der Alm. Er hatte Winterferien. Das Holz knisterte und das Feuer loderte.

„Großvater, wird der Winter noch lange anhalten?", fragte Julius.

„Weißt, in manchen Jahren schneit es bis in den April. Aber wart's ab. Ich glaube, Ende Februar kommt ein Wetterumschwung. Ich spürs in den Knochen."

Woher der Großvater bloß soviel wusste, fragte er sich. Meistens behielt er recht. Ein paar Tage später blitzte die Sonne durchs Fenster. Julius sprang aus dem Bett und lief nach draußen.

„Julius, es ist noch kalt. Zieh dir was über. Wenn du krank wirst, schimpft deine Mutter mit mir."

„Schau Großvater, der Schnee schmilzt in der Sonne. Man kann das Gras schon sehen", rief Julius begeistert.

Der Großvater zog eine Jacke an und brachte Julius eine Wollweste. „Ja, siehst du, bald kommt der Frühling. Man kann das Moos riechen."

Am Mittag spazierten sie durch den Wald. Vögel zwitscherten wieder, auf dem Ast einer Kiefer sah er ein Eichhörnchen schaukeln. Dahinter war eine Lichtung.

„Da schau, Großvater, ein Rehkitz steht da in der Lichtung, direkt hinter der großen Fichte."

Der Großvater richtete sein Augenmerk auf die Lichtung. „Hm, tatsächlich, ein Rehkitz. Dann dürfte die Mutter nicht weit sein. Julius, wir müssen ganz still sein. Komm, stellen wir uns hinter den Strauch gegen die Windrichtung, damit wir nicht stören."

Beide versteckten sich hinter dem Gebüsch. Nach einer Weile kam ein Reh und stupste das Kitz in die Seite. Es richtete sich auf und stand etwas unsicher auf den Beinen.

„Das ist noch ein junges Rehkitz. Da fehlt Futter. Kein Wunder bei dem Winter", flüsterte der Großvater.

„Großvater, können wir nicht helfen? Wir könnten doch Heu ablagern. Im Stall ist noch reichlich."

Großvater sah in fürsorglich an und meinte: „Das machen wir. Das Rehkitz soll doch den Winter überstehen. Komm, wir schleichen uns davon und bringen morgen einen Sack Heu hierher."

Julius freute sich auf den nächsten Tag. Endlich konnte er etwas Nützliches tun. Früh am Morgen füllten sie einen Sack mit dem Heu und schleppten ihn an die Stelle, wo gestern das Rehkitz kauerte. Es war noch still im Wald. Von weit her hörten sie den Ruf einer Eule.

„Ob das Reh hierher zurückkommt?", fragte Julius.

„Bestimmt. Die Rehe ziehen zwar umher, sie haben aber auch ihre Fährten."

Hinter dem Gebüsch nahe der Fichte legten sie sich wieder auf die Lauer. Die Zeit verging, aber das Rehkitz kam nicht. Julius wurde schon ungeduldig. „Das Rehkitz kommt nicht Großvater. Vielleicht nehmen sie eine andere Fährte als gestern."

„Julius, du brauchst Geduld. Im Wald geschehen die Dinge nach eigenen Regeln. Wenn du dich darauf einlässt, kannst du an diesem Leben teilhaben. Wir warten noch ein paar Minuten."

Julius seufzte. „Gut, warten wir noch ein Weilchen." Dann endlich hörten sie ein Geräusch. Tatsächlich, das Rehkitz kam mit seiner Mutter angetrabt.

„Siehst du, alles kommt, wie es soll, wenn man die Geduld nicht verliert." Der Großvater legte den Arm um seinen Enkel und Julius stimmte ihm zu.

„Großvater, wenn ich wieder daheim bin, schaust du dann nach dem Rehkitz?", fragte Julius besorgt.

„Aber sicher, jeden Morgen werde ich einen Sack Heu an diese Stelle bringen. Wenn du wiederkommst, wird das Rehkitz schon gewachsen sein." Vorsichtig verließen sie ihr Versteck und machten sich auf den Rückweg.

Am Waldrand entdeckte Julius weiße Blüten im Moos. Er blieb stehen. „Großvater, es blüht wieder." Er zeigte auf die kleinen Blüten, die wie Sterne leuchteten.

„Das sind Winterlinge, Julius. Dann sind die Schneeglöckchen auch nicht mehr weit."

Sie gingen weiter und tatsächlich, Schneeglöckchen sonnten sich am Waldessaum.

„Ja, sieh doch, Schneeglöckchen", freute sich Julius und zeigte auf die Blumen. „Der Frühling kommt wieder, der Frühling kommt. Julius klatschte in die Hände. „Endlich wird es wärmer werden."

Der Großvater blieb stehen und blickte in der Landschaft umher. „Ja, ja. Es wird Frühling. So intensiv hat das Moos lange Zeit nicht gerochen. Weißt, die Feuchtigkeit steigt wieder in die Bäume und Sträucher. Riechst du das auch?"

Julius schnupperte. „Hm, es riecht ganz faulig, eigentlich stinkt es fast."

„Genau, so riecht der Vorfrühling. Wir sind dieses Jahr früher dran. Ich hab es an meinen Knochen gemerkt." Der Großvater nickte Julius zu.

„Woher weißt du das? Ich kann an meinen Knochen nichts spüren", fragte Julius.

„Sei froh. Wenn du so alt bist wie ich, wirst du es auch merken", lachte der Großvater. „Komm, lass uns nach

Hause gehen. Morgen kommen dich deine Eltern wieder abholen. Die Winterferien sind vorbei."

Julius atmete tief ein. „Schade. Spielen wir noch einmal Memory, Großvater?"

„Aber sicher. Diesmal werde ich gewinnen", zwinkerte er Julius zu.

„Das werden wir noch sehen", neckte Julius den Großvater.

FRÜHLINGSGLUT

Den Horizont hat helles Licht bezwungen.
Der Kälteschimmel schlägt die Hufe auf,
wenn über dir der Mond verblasst im Lauf.
Den Horizont hat helles Licht bezwungen.

Der Kälteschimmel schlägt die Hufe auf
und Nebelreiter ihren Sattel schnallen,
wenn sie durch graue Wolkenberge fallen.
Der Kälteschimmel schlägt die Hufe auf.

Wenn über dir der Mond verblasst im Lauf,
beginnt das Sonnenfeuer Frühlingsglut zu schüren.
Die Vogeluhr erklingt ohne Allüren,
wenn über dir der Mond verblasst im Lauf.

SCHATZSUCHE

K eine Wolke trübte die Sicht. Dies sorgte aber auch für strenge Kälte. Frühmorgens war es besonders frostig. Als das Eichhörnchen Lenny aus seinem Kobel spitzte, blendete ihn die Morgensonne. In seinen Pfoten kribbelte es. Das muss das Frühjahr sein, dachte es, der Frühling rückt näher. An vielen Stellen zog der Schnee sich bereits zurück, hinterließ hier und dort kleinere Schneehaufen und versickerte im Waldboden. Es moderte, ein Zeichen dafür, dass er die Winterruhe bald beenden konnte. Lenny schüttelte sich, leckte sein Fell und krabbelte aus seinem Nest.

Ich muss die Vorräte überprüfen, dachte Lenny und huschte am Stamm nach unten. Lenny sprang auf den Boden und hüpfte froh umher. Er schnüffelte und grub in der Erde. Im Herbst hatte das Pelztier hier vorsorglich eine ganze Menge an Nüssen und Samen versteckt. An dieser Stelle fand Lenny aber nichts. Er schaufelte am Baumstamm den Schnee zur Seite und tatsächlich, dort entdeckte er eine seiner geheimen Vorratskammern wieder.

Plötzlich raschelte es. Lenny hielt inne und spähte nach dem Ruhestörer. Ein anderes Eichhörnchen scharrte im Blätterplüsch des Waldbodens. Es kam hervorgesprungen. Es war seine Freundin aus dem letzten Jahr. „Ach, du bist es, Rita. Ich wollte schon in Deckung gehen."

„Ach Lenny, dass ich dich hier treffe. Vor mir brauchst du dich nicht zu verstecken", lachte die Freundin.

„Schau mal, ich hab meine Schatztruhe geöffnet. Hast du vielleicht Hunger?", fragte er Rita.

„Sicher, in der Winterruhe bin ich besonders hungrig. Kannst du denn etwas entbehren?", spitzte Rita verschmitzt die Ohren und sah in die Schatztruhe.

Lenny schaufelte Samen, Nüsse und Kiefern aus der Erdhöhle. „Da, nimm dir, was du möchtest. Es ist genügend für uns beide da." Rita nahm sich eine Kiefer heraus und begann zu knabbern.

„Wie war deine Winterruhe?" fragte Lenny interessiert.

„Prima, es gab keine Störung. Kein Raubvogel hat mich gefunden. Mein Kobel ist gut getarnt", erzählte Rita. Sie war voller Lebensfreude und scharrte Schnee auf Lenny.

„Was machst du denn da. Ich hab eben erst meinen Pelz gepflegt." Lenny schüttelte sich, und Rita lachte herzhaft.

„Komm, wir machen eine Schneeballschlacht, solange noch Schnee liegt", rief die Kameradin übermütig und blies die weißen Flocken in die Luft. Sie tobten und tollten, spielten Verstecken und liefen die Stämme hoch und wieder runter. Als die Sonne hoch am Himmel stand und die Tropfen in den Ästen wie Diamanten glitzerten, verabschiedeten sich die beiden.

„Morgen suchen wir nach meinen Schätzen", schlug Rita vor. „Meine Verstecke sind auf der anderen Seite des Waldes. Treffen wir uns morgen früh wieder hier, bevor wir uns auf die Suche machen."

„Abgemacht. Aber jetzt halten wir Mittagsruhe. Wir müssen uns wieder ausruhen. Schließlich haben wir uns eine lange Zeit nicht bewegt und müssen erst wieder in Form kommen. Bis morgen früh, Rita."

Sie kehrten beide in ihre Kobel zurück und sanken müde auf die Blätter, die sie im Herbst gesammelt hatten, um damit sorgfältig ihre Heimstatt für die Winterruhe auszupolstern.

DER FRÜHLING KÜNDIGT SICH AN

Es ist immer noch kalt. Draußen der verhangene Himmel will nicht weichen. Der Frost am Morgen zauberte rauchende Kristalle ins starre Gras. Der Lorbeerstrauch schüttelte feuchte Tropfen ins Heidekraut und das Pfaffenhütchen reckte sich in die Höhe, als wollte es an die Himmelstür klopfen.

„Komm herein", rief die Wolke, die schwer, dunkelhäutig, zerfranst und aufgebläht über den Dächern wogte. „Komm nur herein, ich will dich reinwaschen von der Nacht, will die schwarze Haut der Dunkelheit abschälen bis auf den weißen Grund."

Ich stand am Fenster und dachte, ach komm, komm Sonnenstrahl, komm hinter dem Horizont hervor, sende deine Lichtbotschaft in die neue Zeit. Ja, liebe Sonne, das wünsche ich mir, aufbrechendes Licht, das jeder Kreatur Freude ins Gesicht lockt, eine Sonne, die für alle scheint, ohne Vorbehalte, warm und leicht und zärtlich, hüll mich in einen Mantel aus Frieden und Stille ein, voller Vertrauen in Gottes wundervolle Schöpfung.

Im Garten knisterte es. Auch die Schneeheide will hoch hinaus, dachte ich. Sie richtete sich auf, läutete mit ihren langen, schmalen roten Blütenglocken die Morgenstunde ein und rief zur Laudes. Still betete sie in sich hinein: Herr, öffne meine Kronblätter, damit die Staubfäden die Sonne loben können und dir danken für die Wärme." So wie es in der Schrift steht: Gottes gedachte ich und wurde froh' (Ps 77,4).

FRÜHLINGSBOTEN

Von Frost durchdrungen aus des Winters Kralle
der Boden sich entwindet, aufgelöst
in Tränen Schneemann, der ins Gras sich flößt,
bis alles Weiß verblichen, alle Schneekristalle.

Und aus dem Dunst der grauen Nebelfalle
ein leichtes helles Blau den Morgen stößt,
der zögernd sich, von Dunkelheit entblößt,
hinauf sich schwingt in Himmels hohe Halle.

Ein Stängel weiße Blütenblätter schüttelt
vom grüngestreiften Krönchen, dass es nickt:
das Lichtmessglöckchen hat die Welt erblickt.

Am süßen Saftmal eine Biene rüttelt,
verteilt den frischen Duft ins lichte Land,
als erste Frühlingsbotschaft ausgesandt.

DIE KLEINE HUMMEL

An einem verhangenen Märzmorgen warf die Sonne ihre ersten Strahlen durch die noch kahlen Äste der Bäume und verwandelte das kleine Beet in einen verwunschenen Garten. Schneeglöckchen steckten ihr Köpfe aus dem frostigen Boden. Ihre kleinen weißen Kelchglöckchen tanzten sanft im Wind und verkündeten den beginnenden Frühling. Im Boden des verlockenden Gartens kauerte eine kleine Hummel. Sie musste dringend Nahrung finden, um sich weiterzuentwickeln.

Während sie sich vorsichtig aus ihrer Erdhöhle scharrte, flüsterten die Schneeglöckchen: „Wir warten auf dich, kleine Hummel. Komm, der Frühling steht vor der Tür."

Die Hummel reckte ihr pelziges Köpfchen aus dem Boden. „Könnt ihr mir helfen? Ich bin noch schwach und hungrig."

Die Schneeglöckchen lächelten. „Wir sind die ersten Blumen, die hier blühen. Unser Nektar ist noch unberührt. Aus unseren Kelchen kannst du soviel davon trinken, wie du möchtest. Komm zu uns und du wirst ganz schnell wieder fit werden."

Die kleine Hummel näherte sich den Blüten. Sie brummelte vor Freude und ließ sich in den Blüten nieder. „Habt vielen Dank für eure Spende. Der Winter war sehr lang und hat mich ausgezehrt." Sie labte sich am köstlichen Nektar und fühlte sich zunehmend stärker.

„Bald werden die anderen Blumen blühen", hauchte ein Schneeglöckchen, dessen Stiel grün leuchtete. „Sie warten auch schon auf deinen Besuch."

Die durchsichtigen Flügelchen der Hummel vibrierten vor Freude. Jeden Morgen flog sie in dem kleinen bezaubernden Garten umher und naschte vom süßen Honig. Wenige Tage später brachen Krokusse und Narzissen durch die Erde und strahlten in der Sonne. „Hallo kleine Hummel, du kannst jetzt deine Freundinnen rufen. Wir haben für alle reichlich süßen Nektar und warten auf euch."

Die kleine Hummel ließ sich nicht lange bitten. Am nächsten Morgen summte und brummte ein ganzes Heer an Hummeln und Wildbienen über dem Garten. Sie flogen von Blüte zu Blüte und feierten den wiedererwachten Frühling.

SCHNEEGLÖCKCHEN

In die Kuhlen weißer Kälte
pflanzt der Frühling sein Geleucht.
Aus den Zwiebeln blitzen sparsam
kleine Stengel ins Gefeucht.
Und es läuten in der Frühe
Schneeglöckchen still vor sich hin.
Zartes Grün beginnt zu lächeln,
nach den Düften steht der Sinn.

Liebe will sich mit den Farben
dieses Schönen neu verpaaren
und das Grundgesetz des Lebens
der Natur uns offenbaren.
Und so steigt Freude ins Lächeln,
unsere Blicke werden leicht.
Frühling hat die Lebensfreude
allen Herzen hingereicht.

HENRY UND LORE

Der kleine, schüchterne Spatz Henry hatte Angst, seine Stimme zu erheben, weil er dachte, dass sie nicht schön genug wäre. Die anderen Vögel versammelten sich regelmäßig zu Konzerten und erfüllten mit ihrem Gesang den Wald. Während diese fröhlich mit ihren Freunden musizierten, blieb er allein und beobachtete sie von einem Ast aus.

Als alle anderen Vögel wieder einmal an den Vogelkonzertplatz geflogen waren, um zu proben, hörte Henry in der Nähe ein trauriges, klagendes Zwitschern. Neugierig flog er näher und entdeckte ein verletztes Rotkehlchen. Es konnte sich nicht mehr bewegen. Henry zögerte keine Sekunde. Sofort sammelte er weiche Blätter und baute mit viel Mühe und Geduld ein Nest für das kranke Rotkehlchen, brachte ihm Wasser und Körner, die er auf den Feldern fand. Tag für Tag kümmerte er sich um die verletzte Vogelschwester. Während dieser Zeit sprach er mit ihr und erzählte Geschichten über seine Träume, seine Ängste und seine Liebe zur Musik.

Das Rotkehlchen, das Lore hieß, begann langsam zu genesen. Henrys sanfte Stimme tröstete sie und gab ihr die Kraft zu hoffen, dass sie wieder gesund werden würde. Ein paar Tage vergingen, bis Lore es wagte, ihre Flügel auszubreiten. Sie war wieder stark genug, um zu fliegen. Überglücklich bedankte sie sich bei Henry und schlug vor, gemeinsam zu singen. Henry wollte nicht, aber Lore ermutigte ihn. „Jeder Vogel hat eine einzigartige Stimme, auch deine ist wichtig! Lass uns zusammen singen."

Schließlich stimmte Henry zu. Zusammen flogen sie zu dem Vogelkonzertplatz im Wald und begannen zu zwitschern. Henry zögerte und hielt seine Stimme zurück. Aber als er Lore neben sich hörte, wurde er mutiger. Ihre Harmonien verschmolzen miteinander und erfüllten den Wald mit einer zauberhaften Melodie. Angezogen von der schönen Musik versammelten sich die anderen Vögel. Gebannt hörten sie zu und waren überrascht von der wundervollen Darbietung der beiden. Als ihr Konzert zu Ende war, brach ein begeisterter Applaus los. Henry war überglücklich und fühlte sich zum ersten Mal als ein Teil der Gemeinschaft.

Von diesem Tag an flogen Henry und Lore oft zusammen, ihre Freundschaft blühte auf. Henry lernte, dass jeder seine Stimme erheben kann und dass jeder, egal wie klein oder schüchtern er auch ist, etwas Wertvolles zu bieten hat. Die anderen Vögel bewunderten seinen Mut. Bald wurde Henry zu einem vertrauten Mitglied bei den Vogelkonzertgesängen und hin und wieder übernahm er sogar die Solopartie.

ROTKEHLCHEN

Rotkehlchen, zart und klein,
mit der roten Brust so fein,
munter hüpfst hier du herum,
in deinem Artrium,
tirilierst ganz hell und klar
jeden Tag und jedes Jahr,
vor deinem Publikum
hoch im Sonnenschein.

Rotkehlchen wunderschön

ist es, dich anzusehn,
als Geschöpf freier Natur
fliegst du über Wald und Flur,
baust dir flink ein Heckennest,
das dich sorgsam brüten lässt,
liebliche Kreatur
voller Jubeltön'.

Fliegst du im Winter fort
an einen Sonnenort,
trauern wir um dein Lied,
nehmen von dir Abschied;
doch dein Flug ist nicht weit,
bleibst dort nur kurze Zeit.
Was immer auch geschieht,
hier ist dein Lebenshort.

Rotkehlchen, klein und zart,
trägst keinen Winterbart.
Viele bleiben deshalb hier
in ihrem Brutrevier.
Wir richten es für dich,
sorgen vor vogelhäuslich.
Wir streuen dir doch gerne
Sonnenblumenkerne.

VORFRÜHLING

Das Frieren lässt nach. Ich zittere nicht mehr so stark beim Anblick von Frost. Auch wenn das Gras noch klirrt, morgens im Frühnebel. Der letzte Schnee taut, ach, schau nur, Schneeglöckchen haben sich durchgestochen. Hübsches Februarmädchen, denke ich, Lichtmess-Glöckchen, reinweiße Jungfrau. Abpflücken darf ich dich nicht, du stehst unter Naturschutz. Milchblume, du bist giftig bis in die Zwiebel, keine Speise der Götter, aber der Mode unterworfen, es gibt dich in über zwanzig verschiedenen Arten.

Weitere Duftspender schicken sich an, mein Riechhirn wiederzubeleben. Winterlinge, Winterschneeball, Zwerg-Iris oder die Zaubernuss, ja ihre weißen Sterne strahlen mit dem letzten Schnee um die Wette. Überhaupt schwebt der Geruch von Moos und Laub, das jetzt in der Sonne fault, über der Landschaft. Besonders im Wald modert es, denn die Bäume ziehen neue Säfte. Frühlingsgefühle wecken meine Lust zu neuem Leben und Entdecken.

Es wird nicht mehr lange dauern. Der Vorfrühling hat sich schon angesagt, der Winterjasmin steht in voller Blüte und meine Wiese trocknet ab. Ich richte meine Bank her, polstere sie mit Decken aus. Meine Lebensbäume sind noch nicht wieder in vollem Grün, die Fruchtkapseln beschweren die matten Äste. Die Spatzen werden nicht müde, in ihnen zu stöbern und auf ihnen zu schaukeln.

Der Vorfrühling beginnt meist Ende Februar oder Anfang März. Er wird angezeigt durch die erste Blüte von Haselnuss, Schneeglöckchen, Schwarzerle, die Vollblüte des Winterjasmins und in den Alpen durch den Austrieb des Bergahorns. Er endet mit der Blüte der Salweide.

REIME FRÜHLINGSVERRÜCKT

Noch härten kalte Quellen
Gartenparzellen.

Wenn in Hecken
Schnecken sich recken
unter grünen Verdecken,

spinnen um Zinnen
Sonnenfiguren
Glitzerspuren,

und Bienen kuren
in duftenden Blütenpastellen.

FRÜHLINGSGRUß

Märzenbecher in der Hand
grüßt der Frühling Schmetterlinge.
Zarte Knospe du, zerspringe,
dich entblättre unverwandt!
Haselkätzchen läuten,
wecken Blüten auf.
Sieh nur, sieh den Sonnenlauf,
spür das Licht.
Windhauch komm,
mich mit Düften tauf!

REH UND HASE

Das grüne Tal schlummerte unter dem milden Sonnenlicht, das die Schneedecke zum Schmelzen brachte. Die ersten Krokusse und Schneeglöckchen blühten schon und die Bäume schimmerten im Licht. Samy, ein junges Reh, liebte das Tal und den angrenzenden Wald. Es tollte durch die Natur und beobachtete die Veränderungen. Während sie am Morgen am Waldesrand graste, huschte ein schneller Schatten über den Boden. Das Reh hob den Kopf und sah ein Häschen mit langen Ohren und flauschigem Schwanz über das Gras hoppeln.

„Hallo kleines Häschen, was machst du denn hier so früh am Morgen?", fragte es sanft.

Das Häschen blieb stehen und drehte sich um. „Hallo Reh, ich suche nach zarten Kräutern und Blumen. Der Frühling ist da, und ich kann es kaum erwarten, die feinen Leckereien zu finden, die der Frühling spendet."

Samy lächelte. „Ich liebe den Frühling ebenso sehr. Lass uns doch zusammen die besten Kräuter finden."

Das Häschen sprang in die Luft. „Prima, das klingt nach einem Abenteuer."

„Übrigens, ich heiße Samy", lachte das Reh.

„Ich bin Bobby", rief der Hase.

Gemeinsam machten sie sich auf den Weg ins Tal. Sie erkundeten die Wiese und schnupperten an den Blumen, Gräsern und jungen Trieben, die aus der Erde sprossen. Schließlich zeigte Samy dem neuen Freund die geheimen Plätze, an denen die besten Kräuter wuchsen und Bobby erzählte dem Reh, wo er viele Wildkräuter und Farne gesehen hatte. Sie kamen an einem Wildbach vorbei. Bobby hüpfte auf einen Stein, der in der Sonne glitzerte. „Schau mal, dahinten, hinter der Eiche, da gibt es viele Wildkräuter und Farne." Sie liefen dorthin und probierten die Kräuter und die saftigen Blätter.

Samy war begeistert. „Die sind ja so köstlich! Ich könnte den ganzen Tag hier schmausen."

Nachdem der erste Hunger gestillt war, rannten sie über die Wiese und versteckten sich hinter Sträuchern. Samy war schnell, aber Bobby war wendiger und schlängelte sich geschickt zwischen den Bäumen hindurch. Sie lachten und hatten viel Freude miteinander. Schließlich waren sie erschöpft und lagen im Gras.

„Weißt du", sagte Bobby, als er in den Himmel schaute, „ich bin so froh, dass wir Freunde sind. Der Frühling macht alles noch viel schöner."

Samy nickte. „Ja, und die Abenteuer sind gemeinsam viel spannender, weil man sie mit jemandem teilen kann."

Als sie sich ausruhten, raschelte es in den Büschen. Neugierig blickten sie in die Richtung des Geräusches.

"Hörst du das?", fragte Samy.

„Ja, es grunzt", flüsterte das Häschen aufgeregt.

Aus dem Dickicht kroch ein Frischling.

„Nanu, was machst du denn hier?", fragte Samy gespannt.

„Ich habe meine Familie aus den Augen verloren. Jetzt weiß ich nicht mehr, wo ich bin", grunzte der Frischling verängstigt.

Samy und Bobby sahen sich an. Sie wollten dem Frischling helfen, seine Rotte wiederzufinden. „Hab keine Angst, wir helfen dir, deine Familie wiederzufinden", sagte Bobby.

Gemeinsam durchquerten sie den Wald und sahen in der Ferne einen Teich. „Vielleicht baden sie gerade", sagte Samy. Als sie näherkamen, hörten sie ein aufgeregtes Grunzen.

„Da sind sie", rief Samy. Der Frischling rannte los und galoppierte regelrecht. Als die Bache sie erblickte, quiekte sie erlöst, voller Freude über die Rückkehr ihres Frischlings. Sie hatte ihr Jüngstes bereits vermisst. Die anderen Wildschweine suhlten sich am Teich und begrüßten den Kameraden mit wohlklingenden Grunzklängen.

Die Bache freute sich. „Wo bist du gewesen? Wir haben dich überall gesucht!"

„Ich hab mich verirrt, als ich am Bach abbog. Die beiden haben mir geholfen, euch wiederzufinden", erklärte der Frischling atemlos.

„Aha, dann danke ich euch recht schön, dass ihr meinem Jüngsten geholfen habt." Die Bache grunzte höflich und schupste zärtlich ihr wiedergefundenes Kind.

„Danke, habt vielen Dank für eure Hilfe. Ihr seid die besten Freunde, die man sich wünschen kann", quiekte der Frischling.

Samy und Bobby lächelten und freuten sich darüber, dass ihre Hilfe willkommen war.

„Es war uns eine Freude, helfen zu können", sagten beide und verabschiedeten sich.

Auf dem Rückweg spürten sie die Wärme, die von ihrer Freundschaft ausging. Sie fühlten sich sehr wohl, ein wunderschönes Gefühl. Der Frühling ließ nicht nur die Natur erblühen. Er öffnete auch die Herzen der Tiere. Samy und Bobby freuten sich auf die vielen Abenteuer, die der Frühling ihnen noch bringen würde.

VORBOTEN

Es modert wieder in den Waldparzellen
und dampft wie ausgedrückte Zigaretten.
Im Sonnenfilter Wolken sich erhellen,
auf Knospen spielt der Wind wie Klarinetten

Mozarts schönste Frühlingsserenaden.
Die Säfte unter Moosgeflechten müffeln.
Käfer wandern über Promenaden,
nach Pfützen suchend, um sich satt zu süffeln.

Insektenpuppen häuten sich, bald fliegen
ins süße Blütenkörbchen Schmetterlinge,
im Gras Zikaden sich auf Halmen wiegen.

Der Regen tröpfelt, hüpft von Blatt zu Blatt.
Natur erschöpft sich nicht in Wetterdingen,
sie schreitet fort als ewiger Nimmersatt.

TINA UND DER ZAUBERER DES WALDES

Das Dörfchen Himmelshausen war für seine wunderschönen Narzissen bekannt. Jedes Jahr im Frühling verwandelten sich die Wiesen in ein leuchtend gelbes Farbenmeer. Ihnen zu Ehren feierten die Dorfbewohner in jedem Jahr ein Narzissenfest. Darauf freuten sie sich schon im Winter, denn der dauerte meist besonders lang und war noch sehr kalt. In diesem Jahr war jedoch alles anders. Obwohl der Schnee bereits im Februar nachließ, wollte die Gartensaison nicht so recht beginnen. Die Narzissen ließen die Köpfe hängen und wollten einfach nicht blühen. Was war nur geschehen?

Tina, ein neugieriges Mädchen mit blonden, schulterlangen Haaren und dunkelblauen Augen, war mit einem unerschütterlichen Entdeckergeist beseelt. Sie war besonders aufgeweckt. Sie liebte die Narzissen und hatte gehört, dass es einer Legende nach in der Nähe ihres kleinen Dorfes einen geheimen Garten geben sollte, in dem die schönsten Narzissen wuchsen. Tina beschloss, das Geheimnis des Narzissengartens zu ergründen. Vielleicht könnte sie so herausfinden, weshalb in diesem Jahr die Narzissen in ihrem Dorf nicht so recht blühen wollten und das Rätsel lösen. Sie schnappte sich einen alten Kompass, packte ihren Rucksack mit Proviant, Taschenlampe und allerlei Nützlichem und machte sich auf die Suche.

Ihr Weg führte sie quer durch den Wald vorbei an Felssprüngen, Sümpfen und Lichtungen. Irgendwann hörte sie ein eigenartiges Geräusch. War das ein Flüstern, Murmeln oder Gurgeln? Sie folgte den Tönen und gelangte an einen kleinen Bach, der munter vor sich hinplätscherte. Am Ufer dieses Baches hüpften Rotkehlchen, die sich ins Wasser stürzten und badeten. Daneben wuchsen die ersten wilden Narzissen. Tina kniete sich hin, um die Blumen zu betrachten. Ihr fiel auf, dass sie anders waren als jene im Dorf. Diese Narzissen strahlten eine ganz besondere Energie aus und leuchteten viel intensiver.

„Warum leuchtet ihr so?", fragte Tina neugierig. „In unserem Dorf lassen die Narzissen noch die Köpfchen hängen." Da öffnete eine der Narzissen ihre Blütenblätter und begann mit zarter Stimme zu flüstern. „Wir sind die Hüterinnen des geheimen Gartens. Wir blühen nur für die, die das Herz haben, uns zu entdecken und die Schönheit der Natur zu schätzen wissen." Tina war überrascht. „Die Narzissen in unserem Dorf wollen in diesem Jahr nicht blühen. Habt ihr dafür eine Erklärung?"

„Der Zauberer des Waldes hat es auf unsere Freiheit und Schönheit abgesehen. Er möchte die Narzissen stehlen, um ihre Kraft für seine Tinktur zu nutzen. Wir brauchen deine Hilfe, um unseren Garten zu schützen, damit die Narzissen überall wieder blühen können", erklärte die Narzisse. Tina verstand, nicht die Natur hatte versagt. Ein Zauberer verursachte durch seine Experimente den Schaden. Sie erkannte, dass sie handeln musste, wenn sie die Narzissen retten wollte. „Was kann ich tun, um den Narzissen im Dorf und euch zu helfen?"

„Du musst den Zauberer davon überzeugen, dass die wahre Schönheit in der Freiheit liegt, nicht im Besitz", erklärte die Narzisse. „Finde ihn und sprich mit ihm. Nur dann können wir in Frieden überall in den Gärten wieder aufblühen."

„Wie kann ich ihn finden?" fragte Tina besorgt.

„Geh einfach den Vogelschwärmen nach. Sie tauchen immer auf, wenn sich jemand im Wald verirrt." Die Narzisse schloss wieder ihre Blüte, ihr Köpfchen sank erschöpft auf den Boden.

Entschlossen machte sich Tina auf den Weg zur Höhle des Zauberers. Wo wird er wohl in diesem Wald zu finden sein, fragte sie sich? Plötzlich hörte sie einen Vogelchor, der über ihr schwärmte. Das musste das Zeichen sein, dachte sie und folgte dem Schwarm. Nach einer guten Weile erreichte sie schließlich eine düstere Landschaft mit unheimlichen Geräuschen. Der Eingang der Höhle, umgeben von Schattengewächsen und schaurigen Gestalten, stieß einen dichten Nebel aus. Unerschrocken wie Tina war, ging sie hinein. Tief im Inneren fand sie den Zauberer, der an einem riesengroßen Tisch saß. Er rührte in einer großen Schüssel den Zaubertrank um und rief merkwürdige Worte: „Narzissus maximus liquefacere." Als er Tina sah, hörte er auf.

„Was willst du, kleines Mädchen?", knurrte der Zauberer gestört und sah Tina mit aufgerissenen Augen an.

„Ich bin hier, um mit dir über die Narzissen zu sprechen", antwortete sie mutig.

„Die Narzissen?", fragte der Zauberer und schaute interessiert auf. „Was kümmern dich diese widerspenstigen Blumen? Sie wollen sich einfach nicht auflösen!"

„Sie sind nicht widerspenstig!", widersprach Tina. „Sie sind schön und voller Leben. Du solltest sie nicht brechen für deinen Zaubertrank. Ihre wahre Wirkung und Schönheit liegt in ihrer Freiheit."

Der Zauberer entgegnete: „Freiheit? Die Narzissen sind ein Teil der Natur, wie können sie da frei sein! Ich brauche sie für meine magische Tinktur. Sie sollen die Wunden heilen, die uns die Natur zufügt."

Tina erwiderte: „Dann wirst du die wahre Magie der Narzissen nie entdecken. „Sie können ihre Kraft nur entfalten, wenn sie frei sind und die Menschen sie in ihrer natürlichen Umgebung bewundern können. Dann wirken sie heilsam auf alle Menschen, die sie lieben."

Der Zauberer ärgerte sich über das Mädchen. Was fiel ihr ein zu widersprechen, ihm, dem großen Zauberer des Waldes, Er rief nochmals laut mit ausgestreckten Armen und Händen, die in den Himmel reichten: „Narzissus maximus liquefacere."

Es rührte sich nichts in der Schüssel, kein Blubbern, kein Dampfen, kein Gluckern, einfach keine Reaktion. „Vielleicht hast du ja recht, kleines Mädchen. Vielleicht haben sie gar keine Heilkraft und mir gelingt die Tinktur deshalb nicht. Vielleicht habe ich mich einfach verrannt. Es ist wohl Zeit, mein Vorhaben zu überdenken und eine neue Rezeptur zu erarbeiten."

„Lass die Narzissen wieder frei wachsen, dann wirst du sehen, wie sie das Leben in die Welt bringen und alle glücklich machen. Keine Tinktur kann diese Heilkraft ersetzen", bat Tina inständig.

Der Zauberer war auch ein weiser Mann. Er erkannte, dass er die Narzissen nicht besitzen konnte, ohne ihre Magie und ihre wahre Schönheit zu zerstören. Seine Tinktur konnten oder wollten sie nicht bereichern. Schließlich stimmte er zu, die Narzissen in Ruhe und in ihrem natürlichen Lebensraum weiter wachsen zu lassen.

Als Tina wieder ins Dorf zurückkam, blühten in allen Gärten die Narzissen und sogar intensiver als je zuvor. Die Dorfbewohner waren aufgeregt und überschütteten sie mit neugierigen Fragen, wo sie denn gewesen war und was sie erlebt hatte? Als sie von dem Zauberer hörten, feierten sie in diesem Jahr das Narzissenfest eine ganze Woche lang mit großer Freude und Dankbarkeit. Tina wurde wie eine Heldin gefeiert und zur Narzissenkönigin gekrönt. Der

Zauberer fand indes ein neues Kraut, um seine Tinktur fertigzustellen. Er entdeckte die heilende Wirkung der Zaubernuss und brachte sie zu Tina ins Dorf.

„Kleines mutiges Mädchen. Dir verdanke ich die Entdeckung der Zaubernuss. Ich schenke dir und dem Dorf diese Salbe, damit eure Wunden schneller heilen können", verkündete der Zauberer unter dem Beifall der Bewohner.

Gemeinsam feierten sie den letzten Tag des Narzissenfestes. So fröhlich hatte man den Zauberer noch nie tanzen gesehen. Die Narzissen wurden nicht nur ein Symbol für die Freiheit und Schönheit der Natur, sondern auch ein Wegbereiter für die Entdeckung der Heilkraft der Pflanzen.

DIE WILDEN NARZISSEN

In der Wiese blühen, strahlend im Licht,
die wilden Narzissen, das Frühlingsgesicht.
Mit zarten Köpfchen, so gelb und so weiß,
eröffnen sie lächelnd den Osterfestkreis.

Die Farben leuchten, wärmen den Pfad,
ihr Lächeln bezaubert, den Seelen sich naht.
Der Windhauch wiegt sanft sie im Licht der Frühe
und ruft: „Oh Blümchen, nun blühe schön, blühe!"

Die Sonne entfaltet ihr lichtvolles Reich,
die Strahlen berühren mich warm und so weich.
Sie fluten das Land, wenn der Tag neu beginnt,
wenn Dunkelheit schwindet und vollends zerrinnt.

So sanft und gleichsam doch so voller Kraft,
der Frühling das Leben wieder neu erschafft.
Die Blumen duften im blühenden Kleid,
sie schenken der Freude ein kleines Stück Zeit.

In jedem Blütenblatt steckt auch ein Traum,
ein Hauch Glückseligkeit, ein Federflaum,
ein Neubeginn, ein erfüllendes Leben.
Natur küsst es wach, das Schöne will streben.

IM MÄRZEN DER BAUER

Der März, römischer Kriegs- und Wettergott, auch er will es aufblühen sehen. Die Felder trocknet er jedenfalls. Wie sangen die Kinder noch: „Im Märzen der Bauer den Wagen anspannt, er setzt seine Felder und Wiesen in Stand." Nachdem das Sommergetreide schon ausgesät wurde, knattern die Traktoren wieder. Die Felder werden für die Aussaat der Kartoffeln und Futterrüben vorbereitet.

1550 von den Spaniern irrtümlich als Trüffel nach Europa gebracht, sorgte der Kartoffelbefehl von Preußenkönig Friedrich II., dem „Alten Fritz", vom 24. März 1756 dafür, dass alle preußischen Beamten den Untertanen den Kartoffelanbau „begreiflich" machen sollten. Dazu ließ er die ersten Kartoffelfelder von Soldaten bewachen mit der Folge, dass die Bauern die Kartoffeln hinter dem Rücken der Soldaten mitnahmen, sie kochten und sich von der Bekömmlichkeit der bis dahin fremden Knolle überzeugen konnten.

Die Knolle galt lange als Heilpflanze und Zaubermittel. Und dies nicht ganz ohne Grund. Denn das Nachtschattengewächs „Solanum Tuberosum" ist in ihren Samen und oberirdischen Teilen giftig. Es enthält Solanin. Nur die unterirdischen Knollen sind essbar. Der Volksmund sagt: „Die dümmsten Bauern haben die dicksten Kartoffeln". Es heißt aber auch: „Lorbeer macht nicht satt, besser, wer Kartoffeln hat".

ACKERGOLD

In meinem Geldacker
wächst Ackergeld.
Drum hab ich wacker
die Pflanzen gezählt.
Mal blühen sie üppig,
mal blühen sie nie.
Das Wetter ist flippig,
ohne Garantie.

GELDMÄUSE

Heute hab ich Geld gepflanzt.
Soll es reichlich sich vermehren
muss ich es mit Wasser ehren,
bis es aus der Reihe tanzt.

Will es trotzdem nicht aufwachsen,
bleibt nur eins, nimm es heraus.
Diesen Cent hast du gerettet
vor dem Frost und vor der Maus.

DER KLEINE LICHTSTRAHL

Helma Schulze war eine Lehrerin und bekannt für ihre freundliche Art und ihr großes Herz. Trotz ihres fortgeschrittenen Alters war sie immer noch bereit, anderen zu helfen. Ihr kleines Haus war üppig mit bunten Blumen geschmückt. In ihrem großen Garten baute sie mit viel Liebe Blumen, Obst und Gemüse an.

Eines Tages, als Helma Schulze gerade im Garten arbeitete, bemerkte sie ein kleines Mädchen, das allein auf der Straße saß. Sie sah traurig aus. Sie ging zu ihr hinüber und setzte sich neben sie.

„Hallo, kleine Dame. Warum bist du so traurig?", fragte sie sanft.

Das Mädchen sah auf und antwortete mit einem Schluchzen: „Ich heiße Gabi. Ich habe heute meine Puppe verloren und kann sie nicht finden. Sie war mein bester Freund."

Helma Schulze fühlte Mitleid mit dem kleinen Mädchen. „Komm, Gabi, lass uns gemeinsam nach deiner Puppe suchen. Vielleicht ist sie nur ein bisschen weiter weg." Gabi nickte und stand auf. Zusammen durchsuchten sie die Straße, die Wiese und die nahegelegenen Sträucher, aber die Puppe war nirgends zu finden. Gabi wurde immer trauriger.

„Weißt du, Gabi, manchmal verlieren wir Dinge, die uns wichtig sind, aber wir können immer noch neue Erinnerungen schaffen", sagte sie tröstend.

Gabi sah sie mit großen Augen an. „Aber ich will meine Puppe zurück!"

„Ich verstehe", antwortete Helma Schulze. „Wie wäre es, wenn wir zusammen einen neuen Freund für dich basteln? Wir könnten ein Stofftier aus alten Tüchern machen!"

Gabi überlegte kurz und lächelte. „Das klingt toll!"

Helma Schulze ging mit Gabi in ihr Haus und holte bunte, alte Tücher und Knöpfe aus ihrer Abstellkammer. Gemeinsam setzten sie sich an den Tisch und begannen zu arbeiten. Während sie nähte und Gabi ihr half, erzählte Helma Schulze Geschichten aus ihrer Kindheit, Gabi hörte gebannt zu. Sie lachten und beide hatten viel Spaß dabei.

„Schau Gabi, sieht unser Stofftier nicht aus wie ein süßer kleiner Hund?", zwinkerte die Lehrerin Gabi zu.

Gabi hielt das Hündchen in ihren Händen. „Er ist perfekt! Ich nenne ihn Felix!"

„Felix ist ein großartiger Name!", sagte Helma Schulze lächelnd, „weißt du, manchmal kann ein neuer Freund ein krankes Herz wieder heilen."

Gabi umarmte das Stofftier fest und bedankte sich bei Helma Schulze. „Du bist so nett! Ich hätte nie gedacht, dass ich so schnell einen neuen Freund finden würde!"

„Ein guter Freund ist wie ein Seelenwärmer. Pass gut auf ihn auf", riet Helma Schulze.

Von diesem Tag an besuchte Gabi Helma Schulze regelmäßig, half ihr im Garten und die Lehrerin erzählte Geschichten. Die beiden wurden enge Freundinnen, ihre gemeinsame Zeit erfüllte sie mit viel Freude. Gabis Eltern bedankten sich bei der Lehrerin für die Unterstützung. Helma Schulze hatte schon Gabis Mutter unterrichtet.

Die Zeugnisausgabe stand bevor. Gabi hatte Schwierigkeiten in der Schule. Helma Schulze tröstete Gabi: „Gabi, es ist in Ordnung, nicht perfekt zu sein. Jeder hat seine Stärken und Schwächen. Was zählt ist, dass du dein Bestes gibst und niemals aufhörst zu lernen."

Von da an half sie ihr auch, ihre Hausaufgaben zu machen und übte mit ihr, sich besser zu konzentrieren. Mit der Zeit wurde Gabi selbstbewusster und begann, in der Schule besser abzuschneiden. Die Dorfbewohner bemerkten die besondere Beziehung zwischen der älteren Frau und dem kleinen Mädchen. Inspiriert von ihrer Freundschaft begannen sie, sich mit kleinen Gesten der Freundlichkeit ebenfalls gegenseitig zu helfen. Das Dorf verwandelte sich mit der Zeit in einen Ort, an dem Nächstenliebe und Unterstützung an der Tagesordnung waren.

Als der Frühling kam und die Blumen blühten, feierten die Dorfbewohner ein großes Fest, um die Gemeinschaft zu würdigen. Helma Schulze und Gabi waren die Ehrengäste. Während der Feier hielt Helma Schulze eine kleine Ansprache.

„Freunde, Nächstenliebe ist wie ein Lichtstrahl, der in dunklen Zeiten leuchtet. Wenn wir einander helfen und füreinander da sind, schaffen wir eine Welt voller Wärme und Freude. Lasst uns weiterhin füreinander da sein, wie es Gabi und ich getan haben."

Die Menschen applaudierten, Gabi strahlte vor Freude. Helma Schulze und Gabi lebten weiterhin in ihrem kleinen Dorf, umgeben von Nächstenliebe und Freundschaft. Ihre Geschichte inspirierte viele Generationen.

FARBENFROH

Alle Farben werden rot
ist der Wolken Aufgebot.
Meine Farben sind viel röter,
meint der Sturm, ein Schwerenöter.

Lila wurden seine Augen,
die zum Schauen nicht mehr taugen.
Das machte die Sonne wütend,
warf ihr Gelb ins Grüne, brütend.

Plötzlich wurde alles blau.
Da machte der Wind sich schlau,
blies und blies vom hohen Ross
jenen schweren Farbenboss.

Spannte einen Regenbogen,
worin alle Farben flogen,
eine schöner als die andre.
Regenbogen wandre, wandre.

DIE OSMANISCHE WAPPENBLUME

Tulpen gehören zur Pflanzengattung der Liliengewächse. Mitte Mai bis Mitte April blühen sie in der freien Natur. Im Park de Keukenhof wird mit einem üppigen Blumenfest die Tulpensaison eröffnet. Es gibt etwa 140 Tulpenarten, die in Zentral- und Vorderasien, Afrika und Europa heimisch sind. Tulpen waren einst die Wappenblume der Osmanen. Da ihre Blütenform an die hochgewickelten Turbane der Muselmanen erinnert, wurde ihr Name von Tulipan, dem Turban, abgeleitet. Seit dem 9. Jahrhundert sind sie in der altpersischen Literatur erwähnt. Die Türken kultivierten die Pflanze. Seit dem 13. Jahrhundert findet sie auf Miniaturen, Keramiken oder als Kleidermuster dargestellt.

Die Gartentulpe gelangte Mitte des 16. Jahrhunderts nach Westeuropa. Mit der Beliebtheit der Blume wuchs auch das Interesse an der Tulpenzucht. In Holland entstand Anfang des 17. Jahrhunderts eine regelrechte Tulpenmanie. Spekulanten boten hohe Preise für die Tulpenzwiebeln. 1634 kosteten 3 Zwiebeln 30.000 niederländische Gulden. Zum Vergleich: ein Grachtenhaus in Amsterdam kostete damals etwa 10.000 Gulden. Der „Tulpenrausch" endete, als die holländische Regierung gesetzliche Maßnahmen ergriff und so zahlreiche Spekulanten in den Ruin trieb.

Violette Tulpen stehen für Würde, hellblaue für Freiheit, die rote Tulpe für die ewig währende Liebe, weiße Tulpen für endlose Liebe und schwarze für ewige Verbundenheit. Ist die Liebe noch jung und zart, schenkt man rosafarbene Tulpen. Lächeln und Sonnenschein schenkt man mit gelben Tulpen. Ein Strauß bunter Tulpen besagt, ich mache dir schöne Augen.

IM ZAUBERLAND DER TULPEN

Maria spielte gerne im Garten der Großmutter. Besonders im Frühling schimmerten die Blüten in bunten Farben und zogen viele Bienen an. Ihre Lieblingsblume war die Tulpe. Sie bewunderte ihre leuchtenden Farben und die zarten Formen der Blüten, die wie ein Kelch aussahen.

Ihre Großmutter hatte ein neues Beet angelegt. Den Mutterboden hatte sie bereits mit Torf vermischt und eine leichte Düngung eingebracht. Maria entdeckte im Keller eine alte Kiste. Sie musste ein Geheimnis bergen, denn sie stand ganz versteckt im hinteren Regal. Neugierig öffnete das kleine Mädchen die Kiste. Seltsam glitzernde Zwiebeln lagen in einer Schachtel und daneben ein Zettel mit einer Notiz. Sie begann zu lesen. „Diese Zwiebeln sind etwas ganz Besonderes. Wenn du sie pflanzt und mit reinem Herzen pflegst, werden sie dir die schönsten Tulpen schenken, die du dir vorstellen kannst. Doch sei gewarnt: Diese Tulpen haben magische Kräfte."

„Oma!", rief sie aufgeregt, „darf ich das Beet bepflanzen. Schau mal, ich habe diese alten Zwiebeln entdeckt."

Die Großmutter zwinkerte ihr zu. „Es ist an der Zeit, dass du ein eigenes Beet bepflanzt. Damit aus dir ebenfalls eine Gärtnerin mit viel Liebe wird."

Maria begann voller Eifer, kleine Löcher in den Grund zu stechen, die Zwiebeln hineinzulegen und sie wieder mit Grund zu bedecken. Dann goss sie frisches Wasser auf die Erde und sagte: „So liebe Zwiebeln, nun könnt ihr euch entfalten und der Welt die schönsten Tulpen schenken."

Maria kümmerte sich mit ganzem Herzen um ihr Beet, goss es regelmäßig und wartete darauf, dass sich etwas bewegte.

Nach einer warmen Nacht schossen aus der Erde kleine grüne Triebe hervor. Es war unglaublich, wie schnell und wie schön daraus prächtige Tulpen heranwuchsen. Sie waren strahlend rot, leuchtend gelb, dunkelviolett und hellrosa. Maria war voller Freude. Diese Tulpen waren die schönsten, die sie je gesehen hatte.

Als sie am nächsten Morgen wieder das Beet gießen wollte, geschah etwas sonderbares. Die Blütenkelche schimmerten in der Sonne und schienen zu sprechen. Neugierig näherte sie sich und streichelte eine Blüte. In diesem Augenblick fand Maria sich in einem Traumland wieder. Ein Lichtstrahl umfing sie warm und hell. Sie war von Tulpen in allen Farben des Regenbogens umgeben.

„Willkommen Maria!" begrüßte sie mit sanfter Stimme eine rote Tulpe. „Wie wollen dir für deine Fürsorge danken. Du hast uns mit der Kraft deines reinen Herzens zum Blühen gebracht. Wir sind die Hüterinnen der Liebe und möchten dir etwas zurückgeben. Du hast einen Herzenswunsch frei. Was können wir für dich tun?"

Maria konnte es nicht glauben. Sie war in das Zauberland der Tulpen geraten. Das waren also die magischen Kräfte, von denen sie gelesen hatte. Was sollte sie sich nur wünschen? „Ich wünsche mir, dass die Gärten und Wiesen in unserem Dorf immer voller Blumen sind und Freude, damit alle Menschen glücklich sein können."

„So soll es geschehen Maria. Von heute an wird über deinem Dorf ein Tulpenzauber liegen, der allen Freude und Glück bringen wird, so wie du uns mit deiner Liebe glücklich gemacht hast."

Das Zauberland löste sich auf und Maria stand wieder ganz allein vor ihrem Tulpenbeet. Und tatsächlich, in den Gärten und Wiesen des Dorfes sprossen die schönsten Blumen aus der Erde, die Luft war von süßem Blumenduft erfüllt und die Herzen der Menschen strahlten große Freude aus. Sie lachten und feierten diesen überreichen Frühling. Maria hatte nicht nur die magische Kraft die Tulpen entdeckt. Sie fand auch die Kraft der Freundschaft und Gemeinschaft, die ihr uneigennütziger Wunsch hervorgerufen hatte.

FRÜHLINGSLÄUTEN

Lila, weiß und Blatt umschart,
küsst der Krokus den Winterbart,
blinzelt, zupft das Licht sich zurecht,
öffnet sich für das Sonnengeflecht.

Schneeglöckchen und Winterling
feiern gemeinsam Forstfasching.
Eisblumen haben sich längst verprimelt,
Schnee sich im Untergrund eingepfriemelt.

Ach, da lacht das Jungkäferherz,
schmückt sich mit dem Blätterplüschnerz.
Ameisen, Raupen und Bienen wild tollen,
kuren vergnügt im Sonnenscheinstollen.

Und der Mensch lächelt frohgemut,
Frühling auch seinem Gemüt guttut.

MORGENDÄMMERUNG IM GARTEN

Um vier Uhr zwitschern die ersten Vögel. Die erste Fütterung beginnt. Ganze Schwärme fliegen von Ast zu Ast, von Strauch zu Strauch. In der Morgendämmerung picken Amseln in der Wiese. Ihre gelben Schnäbel blinken im taunassen Gras. Im Kirschbaum raschelt es. Ein Pärchen kommt angeflogen und schaukelt sich an die Kirschen heran, welch köstliches Frühstücksmal.

Es tschirpt, tiriliert, flötet, ziept und fiept, das reinste Vogelkonzert. Die Sonne nähert sich langsam dem Horizont und steigt auf. Es wird heller. Plötzlich krakeelt es und das Amselheer fliegt auf. Schwarze Krähen stürzen sich ins Halmland und suchen nach Regenwürmern. Kein Platz für Konkurrenz.

In den Nestern schreien kleine Schnäbel nach Nahrung. Während der Fütterung wacht hoch im Ahorn das Elstermännchen, wippt auf und ab, schackert und stößt Warnschreie aus. Dies sorgt für Aufruhr im Vogelparadies.

Nicht nur Tauben glucken über die Dachgrate. Ein größerer Vogel hat sich hinzugesellt. Braunes Gefieder, dunkel gerändert, gebogener Schnabel, Raubvogelklasse. Ein aufgeregtes Gellen und plötzlich huschen alle Kleinvögel in ihre Verstecke.

Nur die Tauben lassen sich nicht stören. Sie schnäbeln am frühen Morgen und gurren vergnügt im aufgehenden Sonnenlicht.

DIE ELSTER

Die Elster flattert rau und wild
und schackert furchterregend.
Die Kleinvögel sind aufgeschreckt,
flüchten, sich schnell bewegend.

Der Vogel ist ein kluger Kopf,
kennt sich im Spiegel wieder,
leiht sich von anderen den Ton,
bewundert ihr Gefieder.

Sie bauen vierzig Tage lang
und nesteln am Gelege,
fast zwanzig Tage brüten sie,
dass sich der Schlupf bewege.

Ruft laut der Nestling twiit, twiit, twiit,
jagen sie nach der Nahrung,
bewachen das Einzugsgebiet,
kämpfen um die Bewahrung.

Sie bilden Schlafgemeinschaften,
wenn sie alleine bleiben,
teilen die Nahrung und den Platz,
Raubvögel sie vertreiben.

Im schillernd blauen Federrock
sammeln sie Schätze ein,
verstecken es im Wiesengrund
und lassen sie allein.

Treu sind sie sich bis in den Tod,
wenn Elsterpaare lieben,
borgen sich Gold und Silber aus,
und werden leicht zu Dieben.

ZWANZIG ZARTE ZIRKELSCHNAKEN

Zwanzig zarte Zirkelschnaken
sich im Birkelbaum verhaken
zirkeln runter, zirkeln rauf,
setzen sich auf Äste drauf,
krakeln munter auf den Boden,
takeln sich an Buschkommoden,
wo sie auf die Beine warten,
um den Aufsprung neu zu starten.

Doch der Wald lässt Winde brausen,
Schnaken durch die Lüfte sausen,
landen wieder auf den Ästen.
Birkelbaum hält sie zum Besten,
lässt die Blätterbüschel los.
Schnaken wirbeln grandios.
Zwanzig zarte Zirkelschnaken
sich im Birkelbaum verhaken.

DIE BIENENFREUNDINNEN

E s war ein schöner leuchtend blauer Tagesbeginn. Die Sonne schickte die hellsten Lichtstrahlen hinab und die Wiese leuchtete in allen Frühlingsfarben.

Zeit, für die Bienen auszufliegen und Nektar zu sammeln. Hella war eine fröhliche, neugierige und optimistische Biene. Ihre Freundin Herta hingegen blickte eher skeptisch in die Zukunft, war jedoch mit einem pragmatischen Geist gesegnet.

„Schau dir all diese Blumen an, Herta! Es gibt so viel Nektar zu sammeln! Ich kann es kaum erwarten, nach dem langen Winter endlich die Welt zu erkunden!", rief Hella fröhlich.

„Ja, ja, Hella. Da draußen gibt es aber Vögel, die uns fressen wollen. Hast du auch daran gedacht?" gab Herta zu Bedenken.

„Vögel? Wir sind Bienen und können fliegen und uns in den kleinsten Blütenkelchen verstecken", erklärte Hella.

Herta runzelte die Stirn: „Wie verstecken? Selbst wenn uns die Vögel in Ruhe lassen, die Menschen tun es nicht. Die haben jetzt Sprays, mit denen sie uns vertreiben wollen!"

„Und wir haben Zauberblumen, die uns noch schneller fliegen lassen. Siehst du dort hinten, da wachsen sie." Hella zeigte auf eine große leuchtende Blume.

Herta blieb skeptisch. „Das könnte auch eine Falle sein, diese Zauberblumen. Vielleicht wollen sie uns nur anlocken. Wenn wir in die Falle gehen, verwandeln sie uns in Salat."

Hella lachte. „Glaubst du wirklich, dass wir als Salat enden. Wir sind doch Bienen und kein Gemüse. Jetzt stell dich nicht so an, komm schon Herta."

„Na ja, vielleicht hast du ja recht, aber ich bleibe hier am Anfang der Wiese und sammle Nektar von sicheren Blumen", meinte die Freundin.

„Dann macht es dir nichts aus, das Abenteuer zu verpassen. Stell dir mal vor, wie schnell wir fliegen könnten. Das wäre doch eine Sensation. Und was wir erst für Geschichten erzählen könnten." Hellas Stimme klang sehnsüchtig und voller Hoffnung.

Herta zögerte immer noch. „Geschichten sind schön und gut. Aber mir geht unsere Sicherheit vor."

Hella versuchte weiterhin, die Freundin zu überreden. „Wie wäre es, wenn wir es zusammen versuchen würden. Sollte irgendetwas seltsam sein, fliegen wir sofort zurück."

Herta seufzte. „Aber nur, wenn du mir versprichst, dass wir sofort zurückfliegen, wenn ich das Gefühl habe, dass es gefährlich wird."

„Abgemacht. Eine Biene, ein Wort! Lass uns die Zauberblumen finden." Hella hob sofort an und schlug mit ihren zarten Flügelchen Aufwind um Aufwind. Sie stiegen in den hellen Himmel auf und genossen die warme Sonne. Plötzlich wurde es dunkler, ein Schatten zog über sie hinweg.

Herta wurde panisch. „Was war das, Hella?"

Hella schaute nach oben. „Nichts weiter, nur ein Vogel. Keine Sorge, wir können uns verstecken."

Herta begann zu zittern. „Hab ich es nicht gesagt, das war eine schlechte Idee. Lass uns zurückfliegen."

Hella bedauerte die Ängstlichkeit der Freundin. „Gut, ich hab es versprochen. Wir fliegen zurück und ziehen beim nächsten Ausflug Schutzhelme an. Dann kann kein Vogel uns schnappen."

Herta rollte die Augen. „Und auch ein Schild, auf dem steht, dass wir keine Snacks sind, sondern wertvolle Bestäuber der Blüten."

„Genau, wir demonstrieren gegen alle, die uns begehren. Schließlich hat jedes Lebewesen ein Recht auf ein eigenes Leben. Und ohne uns würden die Bäume kein Obst entwickeln und die Wiese nicht mehr so schön blühen, um vielen Lebewesen ein selbständiges Leben zu ermöglichen. In der Natur lebt schließlich eines vom anderen."

Am nächsten Morgen nahm Hella aus der Vorsorgekammer die kleinen Schutzhelme für Bienen und sie flogen zu den Zauberblumen. Seither sind die beiden die schnellsten Bienen ihrer Wabe und sammeln den meisten Honig.

Herta verlor nach und nach ihre Skepsis und bedankte sich bei Hella, dass sie nicht nachgelassen hatte, sie darin zu unterstützen, mutiger zu sein.

Die Bienenkönigin ernannte sie zu den eifrigsten Bienen des Frühlings und verlieh ihnen die Ehrenmedaille für gegenseitige Unterstützung und Freundschaft.

MÜDE BIENE

„Stell dich nicht so an!
Du machst keinen Fang,
wenn du in der Ecke sitzt
und nicht durch die Blüten flitzt."

    „Will aber nicht schmutzig werden
    von den braunen Käferherden,
    die auf allen Halmen lauern,
    um auf meiner Haut zu kauern."

„Liebes Kind, du brauchst das Futter.
Niemals ist alles in Butter.
Fliege auf und sammle dich
für den Nahrungsnektartisch."

    „Aber ich will nicht mehr fliegen,
    mich durch alle Blätter biegen.
    Habe einen Flügelbruch
    von dem letzten Halmbesuch."

„Wenn du nicht mehr fliegen willst,
nur noch in den Waben chillst,
schmeißt die Königin dich raus
aus dem Honigbienenhaus."

    Und so kam es für die Müde,
    die für Arbeit sich zu prüde,
    flog heraus aus ihrem Nest!
    Jetzt sitzt sie im Unkraut fest.

DAS JUNGE EICHHÖRNCHEN WILLIBERT

Das junge Eichhörnchen Willibert war äußerst neugierig und lebte in einem großen, alten Baum. Sein weiches, dichtes rötliches Fell und sein buschiger Schwanz funkelten im Blätterwald, wenn es von Ast zu Ast sprang.

Ein älteres Eichhörnchen hatte ihm erzählt, dass es im Wald einen geheimen Garten gab, in dem die köstlichsten Nüsse und die süßesten Früchte wuchsen. Abenteuerlustig wie Willibert war zog er sofort los, um diesen Platz zu finden. Er hüpfte von Ast zu Ast, sprang von Baum zu Baum und überquerte die kleinen Bäche, die vor sich hinplätscherten und in der Sonne schimmerten. Dann entdeckte er eine Lichtung, die von bunten, duftenden Blumen und hohen, grünen Sträuchern umgeben war. In der Mitte der Lichtung stand ein wunderschöner hoher Baum mit vollen reifen Früchten. Sie glänzten in der Sonne und lockten alle Tiere an.

Willibert traute seinen Augen nicht. Das muss es sein, dachte er und rannte zur Lichtung. Er begann, von den köstlichen Früchten zu naschen. Plötzlich fiel ein Schatten über ihn. Erschrocken sah er nach oben und entdeckte einen großen schwarzen Falken, der in der Baumkrone auf einem Ast saß und ihn beobachtete. Aus Angst vor dem riesigen Raubvogel erstarrte Willibert und ließ die Früchte fallen.

„Sei vorsichtig, du junges kleines Eichhörnchen!", rief der Falke mit einer tiefen Stimme. „Dieser Garten ist voller Gefahren. Nicht alles ist so harmlos, wie es scheint."

Willibert schluckte und fragte: „Was meinst du damit?"

„Es gibt nicht nur köstliche Früchte hier", warnte der Falke. „Es gibt auch andere Tiere, die hungrig sind."

„Die gibt es doch überall im Wald", wandte Willibert ein.

„Aber in diesem Garten sind es besonders viele. Sie warten nur darauf, Beute zu machen. Sieh dich vor." Der Falke schlug mit den Flügeln. Willibert musste sich fester an den Ast krallen, auf dem er gerade kauerte.

„Sei wachsam, sonst könntest du in Schwierigkeiten geraten", riet der Raubvogel und flog davon.

Willibert kletterte sofort den Baum hinauf bis in die Krone, um einen besseren Überblick über die Umgebung zu bekommen. Von dort konnte er sehen, ob sich andere Tiere näherten. Und richtig, neugierige Füchse schnürten um den Stamm, ein Luchs saß sprungbereit auf einem Strauch, eine Rotte Wildschweine grunzte laut und suhlte sich im Schlamm des Wildbachs.

Willibert verstand, dass es an der Zeit war, sich sofort zurückzuziehen, wollte er nicht selbst zur Beute werden. Auf dem Rückweg dachte er über das Abenteuer nach, das er erlebt hatte. Er hatte nicht nur neue Leckereien gefunden, sondern auch erlebt, dass selbst Raubvögel in Gefahrensituationen Freunde sein können und sich auf die Seite der Schwächeren schlagen. Außerdem hatte er eine wichtige Lektion über Vorsicht und die Gefahren im Wald gelernt.

Von diesem Tag an war Willibert nicht nur ein junges neugieriges Eichhörnchen, sondern auch ein weiseres. Als er schließlich zu seinem vertrauten Baum zurückkam, fühlte er sich zwar stolz wegen seiner Entdeckung, er war aber auch dankbar für die Warnung des Falken. Er teilte das Erlebnis den anderen Eichhörnchen in seinem Baumrevier mit und warnte sie vor den Gefahren des geheimen Gartens, damit sie ebenfalls an ihre Sicherheit dachten und neugierig bleiben konnten.

ERSTER FRÜHLING

Ein junges Grün beendet Sterbens Trauer.
Das Graue wankt, es muss den Farben weichen.
Die Knospe sprießt, will Tageslicht erreichen
und hofft bald sehr auf einen Regenschauer.

In Wald und Flur liegt Leben auf der Lauer.
Ein Frosch sich wagt, bald wandert zu den Teichen
die Heeresschar, um endlich abzulaichen.
Die Sonnenhand erlöst von Schattens Dauer.

Die neue Zeit wächst auch in unsren Köpfen,
der frische Wind weht altes Zagen fort,
mit neuer Kraft das neue Werden schöpfen.

Und über Nacht gerät die Welt zum Garten.
Ein Wunder ist's, es dringt in jeden Ort,
selbst Amors Pfeil kann nicht mehr länger warten.

FRÜHLINGSGEFÜHLE

Der Erstfrühling hält Einzug, wenn die Forsythien blühen, das Goldlöckchen, das seinem Namen alle Ehre macht. Denn es lockt die Bienen ins Freie. Wenn die Knospen der Stachelbeeren und Johannisbeeren aufbrechen, beginnt die Obstblüte. Kirschbäume, Schlehen- und Pflaumenbaum blühen ebenso wie Pfirsichgehölze.

Endlich lässt der Frühling sein blaues Band durch die Lüfte flattern. Und das ist erst der Anfang. Rosskastanie und Birken entfalten das Laub, es folgen Rotbuchen, Linde und Ahorn. Hyazinthen, Narzissen, Osterglocken und Tulpen duften. Die Wiesen sind voll von Veilchen und Himmelschlüsselchen, auf den Feldern blüht der Raps. Jetzt streckt der Löwenzahn sein gelbes Sonnenköpfchen ins Licht, bis es sich in eine Pusteblume verwandelt.

Das Sonnenlicht scheint nun länger und intensiver. Wir brauchen weniger Schlaf und fühlen uns berauscht, aufgeregt, voller Erwartung. Frühlingsgefühle werden wach. Dies alles bewirkt die Sonnenbestrahlung, es stabilisiert die Hormonausschüttung von Dopamin, Serotonin und Endorphin. Der natürliche Rauschzustand führt zu vermehrter Fruchtbarkeit bei allen Kreaturen.

Das Liebesspiel des Lebens beginnt. Kaum sind Bachstelzen, der Hausrotschwanz, Zilzalp, Ringeltauben und Rauchschwalben zurückgekehrt, beginnt das Werben, Balzen, Plustern und Tanzen. Der Weißstorch und die Kraniche suchen ihre Brutgebiete auf. Die Frosch- und Krötenwanderung löst auf den Straßen manchen Verkehrsstau aus. Hasen springen durch die Felder und prügeln sich.

TECHTELMECHTEL HAT DER SPECHTEL

Techtelmechtel hat der Spechtel,
baut schon an dem Nestelmechtel,
hämmert sich die Lieb heraus,
wo die Wundersausemaus
grad im Lustschloss ihrer Träume
wuselt im Gefäll der Bäume.

Aufgewacht durch dieses Hickhack
bläst die Maus im Ärgerticktack
alle Blätter in die Höh.
Durch die Mäuseatembö
war Spechtel die Sicht genommen,
sah den Stamm nur noch verschwommen.

Als das Liebchen kam geflogen,
war der Bau etwas verzogen.
Macht nichts, sagte die Verzückte,
Spechtel zu der Liebsten rückte.
Und die Wundersausemaus
sich verkroch ins Bodenhaus.

Nach dem Nestbauhalligalli
brüten sie jetzt, dalli, dalli.

DER FRÜHLINGSBOTE

Hilde und Rudi spazierten im Frühling in den Park und setzten sich auf eine Bank. Hilde war fröhlich und aufgeregt, Rudi wirkte etwas skeptisch.

Hilde schaute sich um: „Oh, schau dir das an, Rudi! Der Frühling ist endlich da! Die Blumen blühen, die Vögel singen, es ist einfach traumhaft!"

Rudi seufzte: „Ja, ja, das ist alles schön und gut, aber ich habe Allergien. Die Pollen werden mich umbringen."

Hilde lachte: „Ach komm schon! Ein bisschen Pollenflug kann dir nichts anhaben! Dafür gibt es Medizin. Denk an die schönen Dinge, die Sonne, die frische Luft, die langen Tage!"

Rudi konnte sich nicht freuen und meinte grimmig: „Ja, und an die Sonne, die mir einen Sonnenbrand beschert. Ich sehe schon aus wie ein Hummer!"

Aber Hilde kicherte: „Du brauchst einfach einen Sonnenhut!" Sie zeigte auf einen bunten Sonnenhut, der auf einer anderen Bank lag. „Sieh mal, wie stylisch das wäre!"

Rudi schüttelte den Kopf: „Stylisch? Damit sehe ich aus wie ein wandelndes Blumengemälde!"

Hilde grinste belustigt: „Das wär doch ein Blickfang! Stell dir vor, du gehst so in die Stadt. Alle würden dich bewundern."

Rudi fühlte sich veralbert und meinte sarkastisch: „Ja, in der Tat! Und sie würden fragen, wer dieser komische Typ mit dem Hut ist."

Hilde lachte beherzt: „Vielleicht würden sie aber auch denken, du wärst ein Frühlingsbote!"

Rudi wurde nachdenklich und überlegte: „Frühlingsbote? Was muss ich dann tun? Den Leuten Lieder vorsingen oder sie mit Blumen beschenken?"

Hilde war begeistert von dem Vorschlag: „Eine gute Idee! Du könntest mit einer Gitarre umherlaufen und alle zum Singen bringen!"

Rudi rollte die Augen, er hatte doch nur Spaß gemacht. „Willst du eine neue Kelly-Family gründen?"

„Das nicht, aber ein spontaner Frühlingschor mit dir als Dirigent mit Blumenhut wäre nicht schlecht."

„Und dann würde ich von einem Bienenstock verfolgt werden, weil mein duftender Sonnenhut Bienen und Wespen anlocken würde!"

Hilde munterte ihn auf: „Du bist wirklich pessimistisch! Schau mal, da drüben spielen Kinder! Sie haben Spaß und genießen den Frühling!"

Rudi sah zu den Kindern: „Ja, das sieht tatsächlich lustig aus. Vielleicht sollte ich auch mal wieder spielen. Boule vielleicht. Aber nur, wenn ich keinen Sonnenhut tragen muss!"

Hilde freute sich: „Okay, ich nehme den Sonnenhut. Lass uns einfach Spaß haben! Und wenn die Allergien kommen, dann hast du immer noch mich mit der Hausapotheke."

Rudi lachte erleichtert: „Na gut, aber du bringst auch die Taschentücher mit."

Hilde stimmte zu: „Wird gemacht! Dann auf ins Abenteuer, du Frühlingsbote! Die Kugeln liegen im Keller."

POLLENALLERGIE

Wie lau, wie lind,
oh Frühlingwind,
versüßt durch Rapses Honig.
Wie leicht sich trug
der Pollenflug.
Der Nasenlauf wird chronisch.

Hast du das Serum auch dabei,
niest du getrost ins Tuche.
Gereizt die Nase, einerlei,
ob Jammern, ob im Fluche!

Drum geb dich hin
der Medizin,
vertrau dem Apotheker.
Der Frühling lässt dir keine Wahl,
hält nichts von dem Gezeter.

DIE SPRACHE DER BLUMEN

„Etwas durch die Blume sagen" ist eine Redewendung aus dem 16. Jahrhundert. Die Redewendung besagt, dass jeder Blume eine bestimmte Bedeutung oder Aussage zukommt. Den Gegensatz dazu stellt der Ausdruck „unverblümt" dar. Wer etwas unverblümt sagt, äußert sich offen, geradeheraus und ohne Rücksichtnahme. Eine weit verbreitete Redensart ist auch: „Vielen Dank für die Blumen". Dies ist jedoch kein Dank für einen erhaltenen Blumenstrauß, sondern bedeutet, dass man eine versteckte oder aber sehr offen geäußerte Kritik verstanden hat.

In der Zeit der Romantik war der Ausdruck „Lasst Blumen sprechen" ein Code für etwas, was man sagen oder fragen wollte, aber nicht auszusprechen wagte.

Die Ursprünge dieser Kunst, mit einer klugen Auswahl von Blüten eine unausgesprochene Herzensbotschaft zu übermitteln, sind nicht genau bekannt. Vermutlich stammt sie aus dem antiken Persien und erreichte von dort die Serails der mittelalterlichen Sultane.

Genau bekannt ist hingegen, wie diese Kunst nach Europa gelangte. Lady Mary Wortley Montagu reiste zu Beginn des 18. Jahrhunderts in den Orient. Dort erlangte sie als Frau Zutritt in Harems, wo sie die Kommunikation durch Blüten entdeckte. Darüber berichtete sie in ihren „Briefen aus dem Orient" (London; 1763).

Ein Standardwörterbuch der Blumensprache hat es allerdings nie gegeben. Großen Einfluss gewann das 1816 erschienene Werk „Les Emblèmes des fleurs" von Charlotte de Latour, bürgerlicher Name Louise Cortambert.

DER KROKUSS

Unter Bäumen der Krokus spitzt,
lila Spuren in die Schneedecke ritzt.
Der Blütenkelch duftet frisch und leicht,
Sonne das Dunkle aus Tagen streicht.

In voller Pracht blüht sein Farbenkleid,
entschlossen trotzt er dem Wintergeleit.
Wenn der Krokus die blinzelnde Sonne küsst,
folgen andere Knospen der Frühlingslist.

Am Stielchen perlt der Schnee herab,
lagert im Boden die Feuchtigkeit ab.
Die Zwiebeln danken dem träufelnden Schnee,
aufleuchtet im Hain die Frühblüherallee.

DIE BLUMENDISKUSSION

Ein älteres Ehepaar saß auf einer Bank im Stadtpark, umgeben von blühenden Narzissen. Der Ehemann blickte auf die Narzissen: „Schau dir diese schönen Narzissen an! Sie blühen prächtig in der Sonne. Es ist, als ob sie uns sagen wollen, dass der Frühling da ist!"

Die Ehefrau nickte: „Ja, sie sind wirklich wunderschön! Aber ich kann mir nicht helfen, ich finde, Narzissen sind ein bisschen eingebildet."

Der Ehemann war überrascht: „Eingebildet? Wie kommst du denn darauf?"

Schmunzelnd meinte die Ehefrau: „Na, schau dir den Namen an! Narzisse klingt schon so nach *Ich bin die Schönste im ganzen Land*. Und dann strecken sie immer so stolz ihre Köpfe in die Höhe."

Der Ehemann lachte und sagte: „Das mag sein, aber sie haben es auch verdient! Sie sind eine der ersten Blumen, die nach dem Winter blühen. Ein bisschen Selbstbewusstsein kann nicht schaden!"

„Vielleicht, aber ich finde, sie sollten andere Blumen ebenfalls zur Geltung kommen lassen. Die Tulpen warten auch auf ihren Auftritt, die Narzissen stehen aber stets im Mittelpunkt! Außerdem liegt Schönheit immer auch im Auge des Betrachters", erklärte die Ehefrau.

Weshalb seine Ehefrau nur so negativ war? Er schüttelte den Kopf und widersprach: „Bist du nicht ein wenig hart? Die Natur ist es doch, die diese Schönheit hervorbringt. Die Narzissen wissen nicht, dass andere Blumen auch schön sind!"

Die Ehefrau zwinkerte ihm zu: „Vielleicht sollten wir eine Blumenversammlung einberufen. Die Narzissen könnten darüber diskutieren, wie sie sich gegenüber den anderen Blumen verhalten sollen!"

„Du meinst, sie sollten sagen, liebe Tulpen, liebe Hyazinthen, wir Narzissen möchten uns entschuldigen, dass wir so viel Aufmerksamkeit auf uns ziehen!"

„Genau! Und dann könnten die Tulpen sagen, wir warten nur darauf, dass ihr euch ein bisschen zurückzieht, damit wir auch mal glänzen können!"

Der Ehemann ergänzte die Blumendiskussion: „Und die Hyazinthen würden sagen, wir haben genug von den ständigen Lobpreisungen!"

„Vielleicht würden die Narzissen dann lernen, dass Schönsein auch eine Frage des Miteinanders ist frei nach dem Motto: Gemeinsam sind wir schön!"

„Ja, und am Ende der Versammlung könnten sie alle zusammen ein großes buntes Blumenfest feiern!", stellte der Ehemann sich vor.

Die Ehefrau war begeistert: „Mit Musik und Tanz! Und jede Blume könnte mit der eigenen Farbe glänzen und leuchten und ihren wundervollen Duft verströmen! Jede Blume würde in ihrer Einzigartigkeit hervorstechen. Was für eine Vielfalt der Natur!"

Jetzt stimmte der Ehemann ihr zu: „Und die Narzissen müssten nicht ständig in der ersten Reihe stehen und könnten sich von dem Dauerstress erholen."

„Genau, wer will schon ständig unter Beobachtung stehen. Bescheidenheit kann nicht nur Wunder wirken, sie ist auch ein Weg zur Entspannung!"

„Aber ich muss sagen, ich mag sie trotzdem. Sie bringen so viel Freude und Farbe in den Frühling! Und das ist einfach bewundernswert."

„Das stimmt! Wir sollten ihnen eine Chance geben! Schließlich sind wir alle hier, um den Frühling zu genießen!

Feiern wir gemeinsam mit allen anderen Blumen ein Narzissenfest."

„Ja, so hat alles einen Platz, die Schönheit, die Freude, die Gemeinsamkeit und die Bescheidenheit", stimmte die Ehefrau zu.

GARTENPARADIES

Sanftes Wehen der Sonnenwindböen,
nach dem tosenden grollenden Murren.
Zwischen dem Zwitschern aus den Höhen
hallt von fern ein Taubengurren.

Dreh dich nur um, auf der Frühlingsgeige
spielen Blätter, Blüten, Nadelzweige.
Amseln, Kleiber und die Spatzen
wieder an den Früchten schmatzen.

Gartenparadies, sibyllinischer Schrein,
Refugium aus Zaun und Faun,
weiße Göttinnen aus Stein
vor dem Pavillon sich räkeln.

In der Lounge sitz ich, bestaun
die Natur beim Blütenhäkeln.

GARTEN DER ERINNERUNG

Herr Buntschuh bewirtschaftete einen Garten am Rand eines alten Dorfes. Dort blühten die schönsten Blumen, doch keine war so strahlend und leuchtend wie die Narzisse. Ihre gelben und weißen Blütenköpfe neigten sich sanft im Wind und schienen das Licht der Sonne einzufangen. Die Narzissen waren stolz auf ihre Schönheit und zogen die Blicke aller Besucher an. Jahrelang war der Garten ein Ausflugsziel für die Bewohner. Viele kamen sogar aus anderen Dörfern, um in dem Garten Erholung und Entspannung zu finden.

Sein ganzes Leben widmete Herr Buntschuh dem Anbau und der Pflege dieses Gartens. Er kannte jede Blume, jeden Strauch und jeden Baum. Besonders die Narzissen lagen ihm am Herzen, denn sie erinnerten ihn an seine geliebte Frau, die vor vielen Jahren verstorben war. Sie hatten diesen Garten gemeinsam angelegt und die Narzissen gepflanzt, um den Frühling zu feiern. Seit seine Frau jedoch von ihm gegangen war, verlor er mehr und mehr das Interesse an dem Garten und die Besucher blieben aus. Das bekamen auch die Blumen mit. Die Narzissen waren nicht mehr so lebhaft und strahlend wie früher. Ihre Blüten begannen, sich zu neigen, die Farben wirkten blasser. Besorgt ging er eines Morgens zu den Blumen und sprach mit ihnen.

„Was ist mit euch, meine lieben Narzissen? Warum seid ihr so traurig?" fragte er.

Die Narzissen flüsterten leise zurück: „Wir fühlen uns einsam, Herr Buntschuh. Die Besucher kommen nicht mehr, niemand bewundert mehr unsere Wiedergeburt und Schönheit."

Herr Buntschuh erinnerte sich daran, wie die Menschen früher in den Garten gekommen waren, um die Narzissen zu bewundern und sich Geschichten zu erzählen. Er hatte die Freude der Menschen, die durch den Garten strömte, immer geliebt. Vielleicht war auch er deswegen einsam geworden und hatte dem Garten weniger Aufmerksamkeit geschenkt. Jetzt fühlten sich auch noch die Lieblingsblumen seiner Frau einsam und verlassen.

„Ich werde etwas unternehmen", versprach er den Narzissen. Am nächsten Tag begann Herr Buntschuh, den Garten zu verschönern. Er grub die Erde um, schaufelte Kompost darüber und vermischte ihn mit dem Mutterboden. Dann pflanzte er neue Blumen und sorgte dafür, dass alles wieder aufblühte und duftete.

Er sprach mit den Dorfbewohnern, erzählte von den umfangreichen Umgestaltungsarbeiten und lud sie ein, den wiedererwachten Garten zu besuchen und sich an der Schönheit der Narzissen zu erfreuen.

„Kommt in meinen Garten und seht euch die strahlenden Narzissen und die neuen Blumenbeete an. Dort wartet die Freude und Lebenslust auf die Besucher. Kommt und lasst uns gemeinsam den Frühling feiern", warb er im Dorf um den Garten und verkaufte am Wochenmarkt einige seiner schönsten Frühlingsblumen.

Erwartungsvoll kamen nach einigen Tagen die ersten Besucher wieder. Die Kinder tollten lachend durch den Garten, während die Erwachsenen die bunten Blumen bewunderten. Als die Menschen die Narzissen sahen, waren sie begeistert.

„Schaut nur, wie schön sie wieder sind!", rief eine Gartenliebhaberin und schnupperte vorsichtig an einer Blüte.

Die Narzissen begannen zu lächeln. Sie spürten die Zuwendung der Menschen und das Licht der Freude, das sie wieder warm umhüllte. Sie richteten sich auf und strahlten heller als je zuvor. Die Farben wurden lebendiger, die Blüten öffneten sich weit, um ihre Schönheit zu zeigen.

Herr Buntschuh beobachtete das Treiben im Garten mit einem Lächeln. Er wusste, dass die Narzissen nicht nur für ihn, sondern auch für die Menschen um ihn herum wieder aufblühten. Sie waren ein Symbol für Freude, Hoffnung und das Zusammensein.

Von diesem Tag an wurde der Garten zu einem Garten der Erinnerung im Dorf. Die Menschen kamen nicht nur, um die Narzissen zu bewundern, sondern auch, um sich zu erinnern, ihre Geschichten zu teilen und gemeinsam zu lachen. Herr Buntschuh war glücklich, denn er hatte nicht nur die Narzissen gerettet, sondern auch ein Stück seines Herzens mit den Menschen geteilt. Bestimmt lächelte seine Frau ihm jetzt von oben zu und freute sich, dass er den verloren geglaubten Lebensmut wiedergefunden hatte.

Die Narzissen blühten nicht nur im Garten, sondern auch in den Herzen der Menschen. Sie erinnerten alle daran, dass Schönheit und Freude am besten in der Gemeinschaft gedeihen und so die Einsamkeit vertrieben wird. Und Herr Buntschuh? Er war nie wieder traurig, denn er wusste, dass er und sein Garten wieder geliebt und geschätzt wurden.

FRÜHLING DER NARZISSEN

In grünen Wiesen leuchten weit
Narzissenblüten, frühlingsbereit,
mit goldenen Köpfchen, himmelsnah,
hellere Freude keiner je sah.

Die zarten Blättchen, sonnengeküsst,
vom warmen Wind zärtlich begrüßt,
ein Meer aus Gelb, ein Hauch von Weiß,
ein Frühlingsgruß, ein Himmelspreis.

Sie neigen sich im milden Licht,
ein Lächeln blüht im zarten Gesicht.
Ein Duft von Hoffnung, ein Hauch von Glück,
Narzissen bringen das Leben zurück.

Und Bienen summen und Vögel singen,
im grünen Glanz die Feldmäuse springen.
Die Tiere im Garten, groß und klein,
verkünden uns froh, niemand ist allein.

Drum lasst uns feiern die Farbenpracht,
uns hingeben dieser Frühlingsmacht.
Mit jedem Strahl, den die Sonne schickt,
erblüht eine Welt, deren Licht auf uns blickt.

KNAX, DER MUTIGE KUCKUCK

K nax war kein gewöhnlicher Kuckuck. Während die anderen Vögel lieber in ihren gemütlichen Nestern blieben, träumte Knax von aufregenden Reisen und neuen Entdeckungen.

„Heute werde ich die Welt außerhalb unserer Vogelkolonie erkunden!", rief er voller Enthusiasmus am Morgen eines sehr sonnigen Tages seinen Kameraden zu. Er packte ein paar Körner und machte sich auf den Weg.

Über weite Felder flog Knax, sah bunte Blumen, die im Wind tanzten und hörte das fröhliche Zwitschern anderer Vögel. Je weiter er flog, desto abenteuerlicher wurde die Landschaft. Plötzlich sah er einen hohen, schneebedeckten Berg in der Ferne, der in den Himmel ragte.

„Das ist es!", dachte Knax. „Ich werde den Gipfel dieses Berges erklimmen! Dann werde ich der erste Bergsteigerkuckuck in unserem Revier sein." Entschlossen machte er sich auf den Weg. Es war ganz schön beschwerlich, die kalte Luft ließ ihn frösteln, aber Knax ließ sich nicht entmutigen. Er dachte an die Geschichten, die er erzählen wollte und flog weiter.

Als er schließlich den Gipfel erreichte, belohnte ihn der atemberaubende Ausblick für seine Anstrengungen. Alles konnte er sehen, die Wiesen und Wälder, die sein Brutrevier umgrenzten, die Bäche und die anderen Tiere des Waldes. Plötzlich hörte er ein leises Wimmern. Knax blickte sich um und entdeckte ein kleines, verängstigtes Eichhörnchen, das sich am Rand einer steilen Klippe an einer Felskante festkrallte.

„Hilfe, Hilfe!", rief das Eichhörnchen verzweifelt, „ich kann nicht zurück! Mein Schweif ist eingeklemmt."

Knax zögerte nicht. „Keine Sorge, ich helfe dir!", rief er und flog schnell zu dem Eichhörnchen. Mit seinem Mut schaffte er es, das Eichhörnchen zu beruhigen. Er flog an die Stelle, wo der buschige Schwanz des Eichhörnchens sich unter den Fels festgeklemmt hatte. Er pickte solange die Erde unter dem Fels weg, bis das Eichhörnchen den Schweif wieder herausziehen konnte. Dann reichte er dem verunglückten Pelztier eine Liane an, die von einem Baum herunterhing. Das Eichhörnchen griff danach und kletterte mit seiner ganzen Kraft vorsichtig zurück auf den sicheren Felsvorsprung. Von dort sprang das Eichhörnchen auf den Boden zurück. Das Eichhörnchen war überglücklich und bedankte sich herzlich bei Knax.

„Du bist so mutig! Ich hätte das nie geschafft ohne dich!", sagte es bewundernd. Knax errötete ein wenig, war aber mächtig stolz. Er hatte nicht nur ein Abenteuer erlebt, sondern auch einem Freund in Not geholfen. Nach diesem aufregenden Erlebnis beschloss Knax, nach Hause zurückzukehren. Die anderen Vögel warteten bereits auf ihn.

„Knax, da bist du ja wieder. Wir waren schon in Sorge um dich", riefen ihm seine Freunde zu.

Als er ihnen von seinem Abenteuer und dem geretteten Eichhörnchen erzählte, waren sie begeistert und klatschten vor Freude und Anerkennung.

Von diesem Tag an wurde Knax nicht nur als der mutige Kuckuck gefeiert, sondern auch als der Held seines Reviers. Knax erkannte, dass Abenteuer nicht nur in der Ferne zu finden sind, sondern auch in den kleinen Taten des Mutes und der Freundschaft. Knax war glücklich und bereit für das nächste Abenteuer, das das Leben für ihn bereithielt.

DER FRÜHLING KOMMT WIEDER

Wie sehr hatte der Winter seinen langen kalten Schatten auf die Häuser geworfen und den dichten Wald, der hinter dem Dorf lag, seinen frostigen Mantel übergestülpt. Leer und kahl waren auch die Laubbäume und Sträucher, nur die Nadelgehölze ließen noch ein wenig Grün unter den Schneehauben aufblitzen. Sehnsüchtig warteten die Tiere und die Menschen auf den Frühling.

Als die ersten Schneeglöckchen ihre Blütenkörbchen durch den schmelzenden Schnee steckten, erhellten Sonnenstrahlen den Himmel. Es war der Auftakt zu etwas ganz Besonderem, das sich dennoch jedes Jahr wiederholte. Die Natur erwachte aus dem Winterschlaf und stimmte ein neues Lied an. Vögel zwitscherten wieder, Blattknospen regten sich an den Ästen, die Kinder liefen in die Wiesen, um das Ankommen des Frühlings zu beobachten.

Mitten im Dorf lebte ein älterer Herr namens Peter Grün. Er galt als der weiseste Mensch im Dorf. Seit vielen Jahren beobachtete er die Natur, um ihre Geheimnisse zu ergründen. Als die Salweide ihre Kätzchen entfaltete wusste er, bald ist es soweit. Er lud zu einer Versammlung der Naturfreunde ein.

„Meine lieben Naturfreunde, der Frühling ist im Anmarsch. Wir können unser Frühlingsfest planen, feiern wir gemeinsam die Schönheit der Natur!" Alle waren hocherfreut, dass die Zeit der Dunkelheit vorbei war und es endlich Frühling werden sollte. Vom Brot backen bis zum Früchtekorb übernahm jeder eine Aufgabe, um das Fest zu bereichern. Die Kinder sammelten Gräser, die ersten blühenden Frühlingsblumen und flochten daraus wunderschöne Blumenkränze.

Der Marktplatz wurde festlich hergerichtet, der Kinderchor sang und der Musikverein spielte zum Tanz auf. Alle waren begeistert und voller Freude. Peter Grün erzählte Geschichten aus seiner Kindheit über den Frühling, wie die Tiere wieder aus dem Winterschlaf erwachten, die Frösche wanderten, die Hasen in den Wiesen sprangen und sich prügelten. Gebannt lauschten die Kinder und stellten viele Fragen. „Kommen die Vögel denn wieder, die weggeflogen sind?" fragte ein kleines Mädchen.

„Die Zugvögel kommen wieder. Wisst ihr, sie haben hier ihre Brutreviere. Sie bauen neue Nester, um die Eier abzulegen und zu bebrüten. Manche Vögel kehren sogar in ihre alten Nester zurück", erzählte Peter Grün.

„Ich freue mich so, wenn ich das Fenster öffne, und die Vögel zwitschern", platzte es aus einem Jungen heraus. Er würde sicher auch einmal die Natur eingehend beobachten, dachte Peter Grün. „Ja, das ist das Besondere am Frühling. Das Leben kommt zu uns zurück und bringt uns große Freude und Spaß."

Bis in den Sonnenuntergang feierten die Dorfbewohner, spürten das Glück der friedlichen Gemeinschaft und Zusammengehörigkeit. Die Lebensfreude war zurückgekehrt.

Das Dorf verwandelte sich in einen einzigen blühenden Duftgarten, wie Peter Grün es vorausgesagt hatte. Das junge Grün verwandelte sich in feste Gräser und Pflanzen, die Wiesenblumen glänzten zwischen den Halmen und schufen ein herrliches Farbenspiel.

Peter Grün spazierte durch den Wald, atmete die frische Luft, den Geruch von Moos, Iris und Zaubernuss. Auf einer Bank, die in der Lichtung stand, dachte er über die Natur nach. Es schien, dass sie in diesem Jahr noch lebendiger und intensiver wieder aufblühte und wachsen wollte. Der Frühling, dachte er bei sich, ist nicht nur eine Jahreszeit. Er erinnert uns daran, dass nach jedem Winter das Leben neu entsteht und schenkt uns so Hoffnung und Freude, aber vor allem die Zuversicht, dass nach jedem Ende ein neuer Anfang kommt.

Im Dorf schätzte man diesen Neuanfang, der ganz klein begann und stetig wuchs. Man feierte die kleinen Dinge des Lebens, aus denen die ganze Schönheit der Natur erst hervorgeht und war dankbar dafür, dies miteinander erleben zu können.

FRÜHLINGSRAUSCHEN

Wenn's knistert und wispert,
im Wiesengrund flüstert,
kündigt der Frühling sich an.

Wenn's blüht und sprüht
im Morgentau glüht,
drängt das Erwachen voran.

Wenn's zwitschert, pfeift, trällert und singt,
uns wärmende Sonnenstrahlen bringt,
das Kosen des Windes dein Haar durchweht,
die Schwere der dunklen Tage vergeht.

BALLADE VOM WAHREN SCHNECKEN-PUTSCH

Zwischen Buchsbaum, Schilf und Hecken,
zwischen Thymian und Farn,
spinnt ein silbrig schimmernd' Garn
eines ganzen Rudels Schnecken.

Kommt ein Laubfrosch angesprungen
auf Maßliebchens Blütenblatt,
Baldurs Auge blinzelt matt,
ist zum Ahorn vorgedrungen.
Liegt ein Rotfuchs auf der Lauer,
hält am Morgen schon die Wacht,
hat in manchen Gärten Pacht
unter Löchern einer Mauer.

Sieht den Laubfrosch munter wandern,
denkt sich, welch ein kleines Mahl.
Frosch, erquickt vom Sonnenstrahl,
patscht von einem Platz zum andern.

Schleicht der Rotfuchs in der Hocke
sich zur Beute nah heran,
bis er sich draufstürzen kann,
raschelt eine Rosenlocke.

Lurchtiers Auge späht zur Seite,
sieht den Rotfuchs auf dem Sprung,
vor ihm glänzt der Schneckendung,
sucht mit einem Satz das Weite.

Rotfuchs jagt mit einem Rutsch,
trifft die Schleimspur folgenschwer,
schlittert, schleudert hinterher.
Laubfrosch ist schon lange futsch.
Das ist wahrer Schneckenputsch!

FRÜHLINGSSERENADE

Die weißbesetzte Welt bricht zögerlich ihr Schweigen,
sie klaubt den letzten Rest an Dunkelheit zusammen.
Als in diesem Schwarz schon Sonnenpunkte schwammen,
ließ der gehetzte Mond den Duft heruntersteigen.

Auf kargen, grauen Ästen jetzt Knospen lustvoll weiden,
in Sträuchern, Licht betrunken, Goldlöckchen Glanz entflammen
im irren Rausch der Farben, die Schwermut zu verdammen,
und österlich Geläut' Erlösung will beeiden.

Im zart beseelten Grün Narzissen sich entfalten,
die Krokusse erleuchten, Blaumeisen verhalten
den Lobgesang anstimmen auf dieses junge Leben,

das so erprießlich blüht und wächst im Aufbegehren.
Die Liebe dieser Tage soll sich in uns mehren,
dass wir, so reich gestärkt, das Zaudern uns vergeben.

ANNA ERÖFFNET DIE GARTENSAISON

D er Winter steckte dem Boden zwar noch in den Knochen, doch er verabschiedete sich endlich. Die ersten Sonnenstrahlen kitzelten die Erde. Als die Sonne gerade über den Horizont kroch, machte sich die junge Anna auf den Weg zum Marktplatz.

Ihre Liebe zur Natur und ihre Leidenschaft für das Gärtnern brachte ihr die Großmutter bei. Alles, was sie über den Anbau und die Pflege der Pflanzen wusste, verdankte sie ihr. In den letzten Wochen des ausgehenden Winters wartete sie ungeduldig auf den Frühling. Nun war es endlich so weit, um ihre geliebten Pflanzen setzen zu können.

Auf dem Markt traf sie ihren Freund Peter, der mit einem Korb voll frischer Gemüse und Kräuter beschäftigt war. „Guten Morgen, Anna! Bist du bereit für die neue Gartensaison?" fragte er mit einem breiten Grinsen.

„Guten Morgen, Peter! Ja, ich kann es kaum erwarten, die ersten Samen in die Erde zu bringen. Ich habe sogar einige neue Sorten gefunden!"

Gemeinsam schlenderten sie über den Markt, bewunderten die bunten Stände und unterhielten sich mit den anderen Dorfbewohnern. Jeder war voller Vorfreude auf die kommenden Wochen. Die Frauen tauschten Geschichten über ihre Gärten aus, während die Kinder fröhlich umherliefen und Schmetterlinge jagten.

Nachdem Anna alles eingekauft hatte, kehrte sie nach Hause zurück. Ihr Garten war nach dem langen Winter ein verwildertes Stück Erde, das nur darauf wartete, zum Leben erweckt zu werden. Sie kniete sich auf den Boden, spürte die kühle, feuchte Erde zwischen ihren Fingern und begann, die ersten Pflanzen zu setzen. Es war eine Mischung aus bunten Blumen und duftenden Kräutern.

Die Tage vergingen, der Frühling entfaltete seine ganze Pracht. Der Garten blühte auf, die Farben explodierten. Anna verbrachte jede freie Minute draußen, um ihre Pflanzen zu gießen und zu pflegen. Die Vögel bauten in den Bäumen neue Nester, Schmetterlinge tanzten von Blüte zu Blüte, die ganze Welt schien zu träumen.

Während Anna im Garten arbeitete, bemerkte sie ein kleines, verletztes Vögelchen, das am Boden lag. Es war ein Spatz. Nanu, dachte Anna, war es etwa aus dem Nest des Ahorns gefallen? Fliegen konnte es nicht und schien verloren. Mit sanften Händen nahm sie es auf und brachte es in ihr Haus. Sie kümmerte sich um das kleine Lebewesen, fütterte es und gab ihm Wasser. Nach einigen Tagen schlug es mit den Flügeln und piepte. Es schien sich zu erholen und wurde kräftiger. Dann war es soweit, es breitete die Flügel aus und konnte fliegen.

Als der Piepmatz in den Himmel aufstieg, fühlte Anna sich glücklich und zufrieden. Der Frühling schenkte ihr nicht nur einen wunderschönen Garten, er gab ihr auch die Möglichkeit, einem kleinen Wesen zu helfen. Sie erkannte, dass sie in dieser Jahreszeit nicht nur die Natur, sondern auch die Verbundenheit mit allen Lebewesen feiern sollte.

KINDERSPIEL

Sie lassen Schiffchen zu Wasser,
Papierstreifen des Glücks.

Auf dem Teich kräuseln sie
Flotten zusammen,
hissen die Segel
und fahren hinaus in die Welt.

Niemand, der nicht pustete,
niemand der nicht antrieb
den Wind.

Niemand, der sagte,
dass er nicht lieben wollte.

VON OSTERHASEN UND KLAPPER-STÖRCHEN

Zucker verdirbt nicht ohne Grund. Ob Kristallzucker, Rohrzucker, Kandiszucker oder Fruchtzucker, immer ist er süß und verzückt den Gaumen, so dass der Genießende mit der Zunge schnalzt und seine Augen den Ausdruck höchster Befriedigung erlangen, ja manch eine Pupille sich fast orgiastisch öffnet, strahlt und funkelt, als hätte der liebe Gott die hellste seiner Eingebungen verschickt.

Der Zucker, der sich in Salz verwandelte, war die Süße eines Nachmittags, vom Himmel ersonnen, um das Leben der Menschen auf dieser Erde etwas leichter zu gestalten. Dieser Zucker stand unschuldig auf einem der Tische eines Kaffeehauses, die auf Geheiß der Kaffeehauschefin von ihren Angestellten im Freien aufgestellt und hergerichtet worden waren für die Gäste, welche sie sich zahlreich erhoffte. Denn nicht nur der Kalender hatte den Frühling ausgerufen. Auch der Wettergott hatte Erbarmen mit den von den Trübseligkeiten des Nebels und der Kälte geplagten Zeitgenossen. So war es auch die Sonne, die Alt und Jung an diesem Nachmittag ins Freie lockte und ihnen Spaziergänge abnötigte, um dem Himmel einen Gefallen zu erweisen. Auch ich war unterwegs, stiefelte neben meiner Mutter und meinem Vater mit meinem jüngeren Bruder und der kleinen Greta, die vergnügt im Kinderwagen thronte, durch die noch nasse Wiese, da es erst am Vortag geregnet hatte.

Vielleicht war das ja auch der Grund für das unverhoffte Wetterleuchten dieses Sonntags. Jedenfalls zog es mich immer zwei Meter weit weg von der Familienkolonne und irgendwann sagte Mutter: „Mariechen, jetzt komm endlich aus der nassen Wiese raus auf den Weg. Deine neuen Schuhe sind sonst ruiniert, bevor der Osterhase kommt und die Eier legt!"

Warum sie das nur sagte, wo sie doch genau wusste, dass ich sie letztes Jahr gesehen hatte, wie sie morgens noch flugs die angemalten Eier im Garten versteckte. So konnte ich nicht an mich halten und sagte: „Aber Mama, Hasen legen doch gar keine Eier, aber du schon!"

Etwas irritiert sah sie meinen Vater an, blickte dann streng zu mir und schimpfte: „Mariechen, so was sagt man nicht! Mütter legen keine Eier!"

Diesen Satz jedoch schnappte ein Junge der Familie auf, die uns gerade entgegen kam. „Du, Papa", zupfte er an der Jacke seines Vaters, „legst du denn auch Eier?" Der jedoch räusperte sich nur und meinte: „Nein, mein Junge."

„Aber wenn Ostern ist, verwandeln sich alle Eltern in Hasen und legen dann Eier in den Garten. Und wir Kinder müssen dann so tun, als wüssten wir nicht, von wem die vielen Eier herkommen!"

„Mariechen!", rief jetzt meine Mutter erbost, weil ihr mein Beharren auf meiner kindlichen Erkenntnis peinlich war, was ich damals jedoch nicht verstand. Ich zuckte erschrocken zusammen.

„Also gut, Eltern sind keine Eierleger", entschuldigte ich mich, fügte aber rasch hinzu: „Hasen aber auch nicht."

Denn von dem, was ich letztes Jahr gesehen hatte, war ich felsenfest überzeugt. Und niemand, auch nicht meine Mutter, konnte einfach ungeschehen machen, was damals passiert war. Das war meinem Vater nun auch zu viel des Guten und er ermahnte mich in seiner ruhigen, besänftigenden Art: „Lass jetzt gut sein, Mariechen, sonst könnte es sein, dass dir niemand mehr auf dieser Welt an Ostern Eier schenkt."

„Wenn Eltern die Eier in den Garten legen heißt das noch lange nicht, dass sie die Eier vorher selbst gelegt haben", erklärte meine Mama jetzt. „Aber Mama, wenn die Eltern die Eier nicht legen und die Hasen auch nicht, von wem kommen dann die ganzen Eier, die wir im Garten finden?" fragte nun mein jüngerer Bruder verwirrt.

Siehst du, jetzt hast du deinen Bruder um das Osterfest gebracht mit deinem vorlauten Gerede", sagte meine Mutter, mehr ratlos als strafend und suchte nach einer Antwort. Ich verstand. Irgendetwas Geheimnisvolles musste dahinter stecken, wenn ich zwar wissen durfte, dass Mama die Eierversteckerin war, aber es so schwer war, ihre Existenz überhaupt zu erklären. Das war wohl so etwas wie mit dem Klapperstorch. Bis heute hatte ich keine einzige Bisswunde an den schönen schlanken Beinen meiner Mutter entdecken können. Dabei hatte sie schon dreimal Kinder auf die Welt gebracht.

„Wieso, feiern wir denn dieses Jahr nicht Ostern? Bloß, weil niemand die Eier gelegt haben will, obwohl sie da sind?" betrauerte Karlchen das Geschehen.

„Ach was, natürlich kommt der Osterhase und legt für euch Kinder Eier in den Garten, damit ihr sie finden könnt", sagte Papa.

„Kommt", unterbrach Mutter die Spannung, „lasst uns ins Kaffeehaus gehen. Dann könnt ihr euch ein Eis aussuchen und wir ein Stück Kuchen essen."

So hatte sie sich das also gedacht! Sie wollte mich mit dem Eis bestechen. Ich schwieg weiter, weil ich schweigen musste, weil ich sonst in mein Zimmer ausgesperrt werden würde. Aber ich hatte trotzdem Recht. Die Eier kamen von Mama!

So saßen wir denn zu viert am Kaffeehaustisch mit Greta im Kinderwagen und schleckten brav unser Eis. Das gefiel Mama, denn sie sagte: „So ist's recht. Schmeckt euch das Eis?"

„Ja", sagte Karlchen mit Schokomund und klebrigen Händen.

„Hm", brummelte ich und hoffte, in Ruhe gelassen zu werden, weil ich sonst womöglich wieder etwas Vorlautes hätte sagen können.

Als wir uns nun mit so viel himmlischer Süße und bemühtem Schweigen gegenübersaßen, kam die Kaffeehauschefin mit einem Korb voller bunter Eier an unseren Tisch. „Nun liebe Kinder, hat euch das Eis geschmeckt?"

„Ja, ganz lecker und so süß", entfuhr es mir unversehens, froh, dass ich mein aufgezwungenes Schweigen nun brechen durfte, ohne eine Strafe befürchten zu müssen.

„Schaut mal, was der Osterhase schon gebracht hat. Die hab ich heute in der Früh in der Wiese entdeckt. Wollt ihr euch welche aussuchen?"

„Da sind sie also auch eine Eierlegerin wie meine Mutter?" fragte ich ganz stolz ob meiner kindlichen Weisheit. Mama und Papa erschraken, aber die Kaffeehauschefin lachte und sagte: "Liebes Mädchen, Mamas legen keine Eier, die bekommen Kinder, so wie du eins bist."

„Aber wenn Mamas keine Eier legen, wer ist dann der Storch, der sie ins Bein beißt, damit sie Kinder bekommen kann?" Vater versank im Stuhl und Mutter haspelte mit der Gabel, die ihr schließlich auf den Boden entglitt.

„Mit den Störchen ist das so eine Sache. Die fliegen nur einmal im Jahr und kommen auch nur, wenn sie Hunger haben."

„Nun stell sich das mal einer vor bei einer Hungersnot. So wie es uns die Schwester erzählt hat aus der Bibel mit den sieben schlechten Jahren. Das würde ja bedeuten, dass alle Frauen ununterbrochen Kinder bekommen würden, selbst die Nonnen in den Klöstern, obwohl die doch gar keine bekommen dürfen! Wenn das der liebe Gott erfährt."

Und augenblicklich schien sich der Zuckerguss auf dem Kuchen meiner Mutter in eine Salzkruste zu verwandeln, denn sie verzog das Gesicht, als hätte sie eine völlig versalzene Suppe gegessen.

„Störche hungern anders als die Menschen, weißt du. Man muss immer Zucker aufs Fensterbrett legen, damit sie satt werden und weiterfliegen."

„Schläfst du deshalb bei Mama, damit der Storch der Mama keine Kinder macht, Papa?" fragte ich nun besorgt.

„Mariechen, ich schlafe bei Mama, damit immer genug Zucker auf dem Fensterbrett liegt", versuchte mein Vater sich herauszureden in betont ruhigem Ton.

„Aber Papa, wenn immer genug Zucker auf dem Fensterbrett liegt, und kein Storch der Mama ins Bein gebissen hat, wo sind wir dann hergekommen? Dann kannst doch nur du der Mama die Kinder gemacht haben, weil du der einzige bist, der bei ihr im Bett schläft."

„Papa", fragte Karlchen wissbegierig, „wie machst du denn der Mama die Kinder? Beißt du dann der Mama ins Bein, wenn kein Storch in der Nähe ist?"

Jetzt herrschte eine laute Stille, was nichts Gutes bedeuten konnte. Ich hatte wohl wieder etwas Vorlautes gesagt.

„Also Kinder, wenn ihr erwachsen seid, werdet ihr das besser verstehen. Die Kinder kommen vom lieben Gott. Und ihr wisst doch, dass man den nicht einfach fragen kann. Er weiß immer, wann die Kinder kommen sollen und wann nicht. Und wenn ihr jetzt brav seid und keine Fragen mehr stellt, erhört er euch irgendwann und ihr werdet es erfahren."

Das war also das Geheimnis, der liebe Gott hatte uns gemacht! „Papa", fragte ich jetzt leise, weil ich befürchtete, der liebe Gott könnte mir zuhören und grollen, „Papa, beten wir deshalb ‚Vater unser im Himmel' und heißen deshalb alle Gotteskinder, weil er unser Vater ist?"

KINDERGEBET

Lieber Gott,
beschütz die Blumen, Gräser und Sträucher,
schick ihnen den Regen,
der sie wachsen lässt.

Lieber Gott,
beschütz die Hühner, Gänse und Hasen,
lass die Wiese wachsen,
damit sie genug Futter haben.

Lieber Gott,
beschütz die Kinder,
lass Osterhasen Eier verstecken,
damit wir in der Wiese
suchen können.

Lieber Gott,
lass Ostern werden,
sonst werden die Nester feucht
und die Eier färben ab.

OSTERN AUF DER ALM

Julius freute sich riesig. Er durfte an Ostern wieder zu seinem Großvater auf die Alm. Dieser war ein geachteter Ostereiermaler und wollte sein Kunsthandwerk an den Enkel weitergeben. Er hatte die Eier bereits gekocht und auf den Tisch in der Küchenstube abgestellt.

„Julius, da schau, so musst du das Ei in den Ständer spannen, damit es dir nicht wegrutscht." Der Großvater demonstrierte Julius, wie er dies am geschicktesten anstellte.

„Ah, so macht man das. Ich hab mich schon gefragt, weshalb deine Malerei so exakt ist", bemerkte Julius und machte sich ans Werk. Blumen, Ranken, Tauben und Bienen tummelten sich auf den Ostereiern. Jedes Ei wurde zu einem kleinen Kunstwerk. Offenbar hatte Julius das Talent zum Malen von seinem Großvater geerbt. Nach drei Tagen hatten sie zwei ganze Körbe voller kunstvoll bemalter Ostereier. „Das ist genug, Julius", sagte der Großvater. Sie räumten die Küchenstube wieder auf und schmückten den Tisch mit einem großen Strauß bunter Ostereier.

„Weißt du, Julius, ich finde, unsere Tiere im Wald sollten auch Ostern feiern. Lass uns einige davon verstecken. Mal sehen, ob sie gefunden werden."

Julius freute sich: „Prima Großvater, ein tierisches Osterfest hat es auf der Alm noch nicht gegeben, oder?" Sie versteckten die Eier hinter Bäumen, unter bunten Blumen und sogar in einem kleinen Boot am Ufer des plätschernden Bergbachs. Als sie fertig waren, neigte sich die Sonne zum Untergang, es war schon spät, Julius war müde, aber glücklich. Er konnte es kaum erwarten, den Tieren beim Suchen zuzusehen.

Am nächsten Morgen versammelten sich die Tiere im Wald unweit der Almhütte. Die Vögel zwitscherten, Eichhörnchen raschelten in den Zweigen und die Sonne schien hell am Himmel. Da reckte eine Feldmaus ihr Köpfchen aus dem Gebüsch und sah das bunte Ei in der Sonne funkeln. Kaum, dass sie es erblickte, schlich sie sich heran und begann das Ei zu beknabbern. Ein Fuchs kam aus der Deckung und schnürte am Bachrand. Auch er entdeckte das Osterei und nahm es mit in seine Obhut. Dann sprang ein Eichhörnchen vom Baum und grabschte sich ebenfalls ein buntes Ei. Julius war überglücklich. Sie hatten den Tieren eine große Freude bereitet.

„Großvater, das sollten wir jedes Jahr machen. Schließlich hat der liebe Gott auch die Tiere geschaffen, um mit uns auf der Erde zu leben und sich zu vermehren."

Der Großvater lächelte: „Ja, ja, Julius, Gott hat alles erschaffen, auch die Tiere. Er ist für alle auferstanden, damit die Welt erlöst wird."

DAS BESONDERE OSTERGESCHENK

Thomas lebte mit seinen Eltern in der Stadt. Sie waren beide berufstätig, die gemeinsame Zeit war knapp bemessen und der Dauerstress holte sie alle irgendwann ein. Deshalb entschieden seine Eltern, über die Osterfeiertage zu verreisen. Thomas sollte aufs Land zu seiner Großmutter fahren.

Die Großmutter war lieb und nett zu ihm, aber sie war nicht mehr so rüstig und nahm nur noch selten an Gesellschaften teil. Dieses Ostern würde noch einsamer werden als sonst, befürchtete Thomas. Während die anderen Kinder im Dorf sich an der jährlichen Ostereiersuche beteiligten, saß er bei der Großmutter und las ihr Geschichten vor.

Die Ferientage vergingen, der Gründonnerstag stand vor der Tür. An Karfreitag half er, den Osterzopf zu backen. Er lernte, wie man Teig knetete und flechtete. Dennoch fühlte er sich einsam und fragte sich, weshalb er nicht mit seinen Freunden feiern konnte.

Am Ostersonntag wachte Thomas früh auf. Die Sonne flutete durchs Fenster und alles schien in ein zartes Gelb getaucht. Die Großmutter bereitete schon das Frühstück vor und der Duft des frisch gebackenen Brotes durchzog das Haus. Sie versuchte ihn aufzuheitern.

„So Thomy, der Osterhase war da und hat im Garten Eier versteckt. Willst du sie nicht suchen?"

Thomas freute sich und hoffte, dass Ostern wieder so fröhlich würde wie vorher. „Warum kann ich nicht bei meinen Freunden sein oder mit den anderen Kindern hier zusammen?", fragte Thomas seine Großmutter.

Sie lächelte sanft und antwortete: „Manchmal sind die Feiertage nicht so, wie wir es uns wünschen. Aber das bedeutet nicht, dass wir nicht das Beste daraus machen können. Nun los, gehe auf die Suche nach den Ostereiern."

Thomas lachte und bekam Lust, nach den Ostereiern zu suchen, dennoch trauerte er um den Spaß, den er zuhause mit seinen Freunden hätte haben können. Er fand die vielen bunten Eier unter dem Lorbeerstrauch, unter dem Kirschbaum und überall im Gras. Die Großmutter schaute ihm zu und zählte die gefundenen Ostereier. „Da fehlen noch welche Thomy. Du musst noch weitersuchen."

Thomas suchte im Gebüsch als er plötzlich ein leises Wimmern hörte. Er bog die Zweige auseinander. Ein kleiner Hund hatte sich dort versteckt und sah ihn mit großen Augen an.

„Wer hat dich denn hier versteckt? Hat etwa der Osterhase dich mir gebracht?" Das Hündchen mieferte etwas und bellte dann verängstigt. Er hob ihn aus dem dichten Gestrüpp.

„Bist du auch alleine? Willst du mit mir spielen?" Der kleine Hund wedelte mit dem Schwanz und sprang hin und her. Thomas streichelte ihn vorsichtig, nahm einen Ball und rief: „Komm, such, mein kleines Hündchen, such." Der Hund bellte fröhlich und lief zu dem Ball. Thomas lachte und plötzlich war der Garten von Freude und Spaß erfüllt.

Seine Großmutter lächelte und war froh, das Thomas endlich wieder Freude verspürte und Spaß mit dem kleinen Hund hatte. Am Abend nahmen sie den Hund mit ins Haus.

„Darf ich ihn behalten, Großmutter?", fragte er erwartungsvoll.

„Aber natürlich. Du hast ihn gerettet und er hat dich gerettet. Aber wir müssen noch versuchen, in Erfahrung zu bringen, ob er jemandem weggelaufen ist. Wenn sich niemand meldet, ist er dein Hund."

„Weißt du, mein Kleiner", sagte Thomas, „manchmal sind die Dinge nicht so, wie wir sie uns wünschen. Aber wenn wir offen sind für das, was kommt, können wir auch in der Einsamkeit Freude finden."

Die Großmutter kämpfte mit den Tränen und die folgenden Ferientage wurden für Thomas zu einem ganz besonderen Erlebnis. Endlich fühlte er sich nicht mehr einsam, lachte und strahlte über das ganze Gesicht. Dieses Ostern blieb ihm sein ganzes Leben in Erinnerung, denn er gewann die Hoffnung, dass es manchmal die unerwarteten Dinge sind, die unser Herz erhellen und dass wir die Zuversicht niemals aufgeben sollten.

DIE KLEINE RAUPE RULLERBUNT

Die kleine Raupe Rullerbunt
machte einen Schnullermund,
schlug durch die Wiese eine Bahn,
beknabberte den Löwenzahn,
der fuhr die gelben Zähne aus
und warf die Raupe wieder raus.

ALS IM KÖLLERTALER DOM DIE TAU-BEN SCHWEBTEN

Dieses Ostern sollte anders werden. Ministrant Michael war zur Osternachtfeier eingeteilt, worauf er mächtig stolz war. Er hatte sich vorgenommen, alles zu unterlassen, was zu einer Störung der Messe hätte führen können. Schließlich war dieser Gottesdienst der wichtigste im Kirchenjahr. Wirklich, das war sein fester Vorsatz. Wenn es stimmte, was in der Bibel stand, würde der Herre Christ in dieser Nacht auferstehen. Er glaubte fest an Gott und wie sollte er als Menschenkind dieses große Wunder toppen. Auch als während der Karwoche ständig Tauben um den Domplatz flogen, wollte er sich an seinen inneren Vorsatz halten. Sollte es zu einer wundersamen Entwicklung kommen, würde der liebe Gott sicher wissen, was zu tun wäre. Mit diesem Gottvertrauen stand Ministrant Michael in der Sakristei und bereitete sich vor.

Am Köllertaler Dom versammelte sich am späten Abend die Gemeinde zur Nachtwache. Auch die Tauben hatten sich wieder versammelt und schwirrten über den Köpfen der Gemeindemitglieder hinweg. Ministrant Michael hatte die Aufgabe, die Kerze zur Lichtfeier zu entzünden. Das Licht der brennenden Osterkerze wurde an die Gottesdienstbesucher weitergereicht. Die Prozession in die dunkle Kirche begann. Der Pastor ging an das Lesepult und sang das Osterlob: „Frohlocket ihr Chöre der Engel". Die Tauben hatten sich auf den Fensterbänken niedergelassen und verhielten sich still. Ministrant Michael verfolgte die Worte der folgenden Lesungen mit ehrfürchtiger Andacht. Die Gemeinde antwortete mit Antwortpsalmen. Nach dem Gloria ertönte das Geläut des Domes und die Orgel brauste feierlich auf.

Bei der Tauffeier wurden vier neue Christen in die Gemeinschaft der Kirche aufgenommen. Alles war still und die feierliche Einkehr der Seelen der Menschen lag spürbar im Kirchenraum. Ministrant Michael reichte das Kännchen mit Wasser dem Pastor an. Das Wasserbad lockte bei zwei Kindern einen lautstarken Gesang hervor. Bei der Salbung beruhigten sie sich wieder, bei der Erneuerung des Taufversprechens sang das Gottesvolk voller Inbrunst mit.

Nun folgte die Eucharistiefeier mit der Gabenbereitung. Auch hier war Ministrant Michael damit betraut, den Pastor zu unterstützen. Er empfand dies als ganz besondere Ehre. Als der Pfarrer den Kelch zum Himmel hob und die Wandlungszeremonie vollzog, erhoben sich die Tauben von ihren Zuschauerrängen und flogen mit sanften Flügelschlägen zum Altar. Über dem Kelch hielten sie inne und schwebten über dem Altarraum, bis die Wandlung endete. Plötzlich war der Kirchenraum in ein warmes Licht getaucht. Die Energie der göttlichen Liebe verströmte sich in die Seelen der Menschen.

Ministrant Michael war ergriffen von der Botschaft der Tauben. Sie waren ein Zeichen der Hoffnung und des Neuanfangs. Ein tiefer Frieden lag im Kirchenraum. Als der Organist das Lied „Großer Gott wir loben dich" anstimmte, sangen alle mit feierlicher Überzeugung. Alles war erfüllt von den Jubeltönen des Gesangs und den Festklängen des Orgelspiels. Während die Gemeinde nach draußen ging, um den Sonnenaufgang zu beobachten, fühlte Michael sich glücklich und tief erfüllt. Er hatte nicht nur in der Messe gedient, er war auch Teil eines wahren Wunders geworden, das die Tauben über dem Altar vollführten.

Die Tauben begleiteten die Menschen hinaus auf den Vorplatz und entschwanden im Aufflug den lächelnden Blicken der Anwesenden. Man sprach in der ganzen Stadt über die Tauben. Während der nächsten Woche kreisten sie über den Dächern. Manche Christen bekreuzigten sich, wenn der Schwarm angeflogen kam. Sie spürten die Botschaft, die von dieser Osternacht ausging, noch immer tief in sich.

ALLERLIEBSTES LICHT

Da Du mich rufst, Dir zu folgen,
nimm nur mein Herz, nimm meine Seele ganz.
Kein Weh, kein Schmerz wird mich Dir nehmen,
vergess ich mich, vergess den Glanz.

Da Du mich rufst, Dir zu folgen,
gebe ich Dir mein ganzes Leben neu,
will Garten sein, sä' Dich mir wieder,
dass keimen kann die Frucht der Treu'.

An Deinen Blüten ich mich freue,
an Deiner Nahrung reife ich allein
und Deiner Sonn' erwächst die Wurzel,
die Tränen werden Regen sein.

Da Du mich rufst, Dir zu folgen,
geb ich mich Dir zu Deinem Willen hin,
mein Schöpfer Du, mein starker Tröster,
Du meiner Hoffnung Zuversicht,

Du hellstes, allerliebstes Licht.

APRIL, DER MACHT WAS ER WILL

Ein besonderer Monat ist der April, sein Name bedeutet öffnen und dies tut er ohne Unterlass. Er öffnet sich dem Schabernack. Wer ist nicht schon in den April gelaufen. Den ganzen Tag über erreichen uns seltsame Nachrichten. Ob da nun etwas dran ist oder nicht, es beschäftigt ganze Redaktionen. Den Aprilscherz gibt es seit dem 17. Jahrhundert.

Der April öffnet sich auch der Unbeständigkeit. Wetterwechsel sind an der Tagesordnung. Ob Regen, Hagel, Sturm oder Frost und Schnee, sie begleiten uns bis in den Mai. Doch das Aufblühen des Frühlings macht nicht halt. Birke, Erle, Hain- und Rotbuche verstreuen Blütenstaubpollen.

Der Monat April endet, wie er begonnen hat. Wenn am Morgen nach der Walpurgisnacht nicht mehr alles auf seinem Platz steht, waren Hexen am Werk. In der Nacht zum Mai ziehen der Legende nach die Hexen zum Blocksberg und reiten auf einem Besen durch die Lüfte.

Die Walpurgisnacht geht auf die Äbtissin Walburga zurück. Sie ist die Schutzheilige gegen Krankheiten und Seuchen, Tollwut, Hungersnot und Missernte sowie als Patronin der Kranken und der Wöchnerinnen, aber auch der Bauern. Der Gedenktag der Heiligen Walburga wurde im Mittelalter am 1. Mai gefeiert, dem Tag der Heiligsprechung. Die neun Tage davor wurden als Walpurgistage bezeichnet, das Läuten von Glocken zur Abwehr der angeblichen Hexenumtriebe wird örtlich auch als Walpern beschrieben.

APRIL

Wer sagt, dass ein Frühling nur blühen kann?
Kein anderer als der April widerlegt dies.
Schloßen wirft er, donnert Blitze aufs Land
mit unbekanntem Ausgang.

Regenreichtümer wirft er weg
wie Feldhasen die Fruchtbarkeit,
hütet Blüten und Brüten
hinter vorgehaltener Wetterfront.

In der Walpurgisnacht
tanzt er auf Dächern, fliegt mit dem Wind
um die Wette hinauf zum Brocken,
befeuert die Hexenfahrt
mit diabolischem Nachtwerk,

um dem Mai die Süße zu rauben.

DIE NACHT DER SCHATTEN

Tief im Wald, umgeben von nebelverhangenen Bergen und schaurig rauschenden Sträuchern, stand eine alte Hütte. Dort lebten die Hexen Calora, Golenna und Morsele. Sie waren die Hüterinnen der Magie und wussten um die Macht, die in der Natur lag. Die Dorfbewohner fürchteten sie und vermieden es, in die Nähe des Waldes und der Hütte zu kommen. In der Walpurgisnacht verhängten sie die Türen mit Holunderbüschen. Sie sollten sie vor bösen Zaubern und Verwünschungen der Hexen schützen.

Als der Vollmond sich der Erde näherte und groß am Nachthimmel der Walpurgisnacht stand, heulte der Wind und die Bäume rauschten. Nachteulen raunten und schwarze Vögel schwärmten aus. Die drei Hexen versammelten sich in ihrem geheimen Garten, um das Fest der Schatten zu vollziehen. Sie bereiteten ein wichtiges Ritual vor. In dieser besonderen Nacht konnten sie die Geister der Verstorbenen herbeirufen und mit ihnen in Verbindung treten.

Nicht alle Geister waren freundlich. Einige suchten Rache und waren voller Zorn. Calora, die älteste und weiseste Hexe, warnte vor ihnen.

„Wir müssen vorsichtig sein. Ein böser Geist kann in dieser Nacht erwachen. Er sucht nach Seelen, um seine schwarze Macht zu stärken."

Gebannt hörten die anderen Hexen zu. Golenna, die mutige Hexe, erwiderte: „Wir sind Hexen und können uns vor ihm schützen. Drum lasst uns beginnen und die Geister herbeirufen!"

Sie breiteten die Hände aus und murmelten einen alten Zauberspruch. „Veni, malus. Tribus spiritus walpurgis nox."

Der Wind wurde stärker, wirbelte und brauste auf, der Nebel verdichtete sich. Im Dunkel der Nacht leuchteten plötzlich die Augen der Geister. Unter ihnen war auch der gefürchtete Geist, vor dem Calora gewarnt hatte. Er hieß Alplexus und war einst ein mächtiger Zauberer, bis die Dorfbewohner ihn verstießen.

Er trat aus dem Schatten und donnerte seine Stimme in die Stille. „Ihr wagt es, mich zu rufen? Ich werde Rache nehmen. Alle, die mich verbannt haben, sollen heute Nacht für ihre Tat büßen." Eine bedrohliche Energie lag in der Luft.

Calora löste sich aus dem Kreis und beschwörte ihn. „Wir wollen dir nicht schaden Alplexus. Wir möchten nur verstehen, warum du so voller Zorn bist. Erzähle uns deine Geschichte."

Alplexus Augen funkelten vor Wut, doch er hielt sich zurück. „So, ihr wollt meine Geschichte hören. Ich wurde verraten und verfolgt. Die Dorfbewohner fürchteten sich vor mir und meiner Macht. Sie schlossen sich zusammen und nahmen mir alles, was mir wichtig war. Selbst die Schüssel mit dem Zaubertrank kippten sie um und verwüsteten meinen Tempel."

„Wir sind nicht wie die Menschen. Wir sind die Hüter der Magie und respektieren deine Gabe. Lass uns dir helfen, dich von diesem Fluch zu befreien."

Caloras Worte schienen ihn zu besänftigen. Der Zorn in seinen Augen verblasste.

„Komm in unsere Mitte. Wir werden ein Reinigungsritual durchführen", sagte Golenna.

Alplexus vertraute den Hüterinnen der Magie und trat in die Mitte des Kreises. Morsele begann einen hohen Ton zu singen. Gemeinsam tanzten sie um den Geist und riefen einen Zauberspruch. „Liberabo mentem. Liberabo animam spiritus. Reliquere iram."

Mit jedem Wort löste sich die Wut und der Zorn, die Dunkelheit der Seele wurde zurückgedrängt. Als ein Lichtstrahl den Horizont berührte, war Alplexus frei von Wut und Zorn, seine Seele fand Frieden.

„Ihr habt mir gezeigt, dass das Böse nicht siegt, wenn man es überwinden will. Ich danke euch für euren Mut und eure Weisheit. Nun kann ich in der Welt der Geister in Frieden weiterleben." Alplexus tauchte in den Lichtstrahl ein und verschwand.

Die Hexen beendeten ihr Ritual und das Fest der Schatten. Alle Geister zogen sich zurück. In der Luft lagen Frieden und Stille. Der Wind hörte auf zu brausen und hauchte seine Milde durch den Wald, den die Dorfbewohner fortan wieder ohne Furcht betreten konnten.

APRIL, APRIL

Olgas liebste Katze
fetzte die Matratze,
biss sich durch die Kissen,
bis sie ganz zerrissen,
blies hinaus die Federn,
landeten auf Zedern.

Alle Zapfen standen stramm,
Neuschnee machte Äste klamm,
Wind fegte die Federn still
vom Baum und rief: April April!

WETTERWECHSEL

Sieh nur wie der Feldweg
sich durch die Rapsblüte zwängt.
Süß wallt Duft vom Hügel
hinüber auf den Straßenbügel,
der ins Schloss der Häuser klappt.

Kein Entkommen ist hier,
wo die Vogelhütte den Weg markiert,
der Wanderer ohne Zeigestock
sonntäglich durchmarschiert,

bis ein Luftzug offene Türen schnappt,
Wolken zusammendrängt,
der Wasserstand überschwappt.

Regen schirrt seine Zügel,
der alle Entfernung kappt.

KATZENDAME KITTY UND DER REGEN-WURM

Die Katzendame Kitty hatte es behaglich. Sie wohnte bei Frauchen in einem gemütlichen Haus mit großem Garten. Dort stolzierte sie gern umher und genoss die Sonne im Frühling. Als sie wieder einmal hoch erhobenen Hauptes über das Gras spazierte, erschütterte ein lautes Donnergrollen die Luft. Die Wolken türmten sich bedrohlich auf, es dunkelte ein und die Sicht wurde trüb. Kitty suchte Schutz unter dem Apfelbaum. Die Blitze zuckten und der Regen prasselte auf den Boden. Kitty schüttelte sich und bemerkte im Gras, dass sich etwas bewegte. Tatsächlich, ein kleiner Regenwurm versuchte vergeblich, sich in die Erde zurück zu graben. Er zappelte hilflos und rief. „Hilfe! Ich komm nicht mehr zurück!"

Kitty, die eigentlich mit Regenwürmern nichts zu tun haben wollte, fühlte Mitleid. „Keine Angst, kleiner Regenwurm, ich helfe dir."

Es wurde immer windiger. Kitty lief zum Regenwurm. „Wie heißt du denn, kleiner Wurm?"

„Ich heiße Wummy. Ich hab mich beim Graben verirrt und kann nicht zurück in meine Erdenwohnung."

Der Regenwurm zitterte ganz erbärmlich. „Keine Panik Wummy. Wir suchen einen Platz, wo der Regen nicht so stark prasselt." Kitty blickte in den Garten und sah das große Blumenbeet am anderen Ende der Wiese. Dort standen hohe Pflanzen. Die würden sicher genug Schutz bieten, damit der Regenwurm zurückfinden konnte.

„Komm Wummy, kriech unter mir auf die andere Seite der Wiese. Dort kannst du ein neues Zuhause finden."

Kitty schlich langsam los und machte einen Katzenbuckel, damit Wummy mit ihr gemeinsam zum Blumenbeet gelangen konnte. Dort angekommen grub Kitty mit ihrer Pfote ein Loch, um dem Regenwurm einen Zugang zur Erde zu schaffen. Der Boden war aufgeweicht durch den Regen und gut zu durchschlüpfen.

„Da schau Wummy, das ist dein neuer Eingang in deine Höhle."

„Danke Kitty. Das ist sehr nett von dir. Warum hilfst du eigentlich einem kleinen Regenwurm wie mir?"

Kitty lächelte sanft. „Ach weißt du, wir sind doch alle Teile der Natur und sollten uns gegenseitig helfen, egal von welcher Art wir sind."

Es donnerte wieder und den Himmel durchzuckten mächtige Blitze. „Komm kleiner Wummy. Ich stelle mich über den Eingang, damit du geschützt bist vor dem Wetter und in die Erde kriechen kannst."

„Das werde ich dir nie vergessen, liebe Kitty. Wir Regenwürmer werden jetzt beste Freunde mit den Katzen sein."

Kitty strahlte. „Das ist schön zu hören. Pass gut auf dich auf, Wummy."

Der Regenwurm kroch unter die Katze und verschwand im Loch, das Kitty zuvor gegraben hatte. Der Regen ließ wieder nach und die Sonne trocknete die Blütenkelche und das Gras. Kitty wärmte sich auf und stolzierte jetzt mit großer Freude im Garten umher. Wenn wieder ein Frühlingsgewitter aufzog, dachte sie immer an den kleinen Wummy und fragte sich, wo er jetzt wohl herumkriechen würde.

KATZENJAMMER

Die Sonne ruht morgens in Wolkennestern.
Wie müd sie gähnt! Die Strahlen fallen flach.
Das Dunkel dämmert, Sterne funkeln schwach,
der Mond vergilbt, er fängt schon an zu lästern.

Im Sonnenauge träumt der Schlaf vom Gestern.
Jetzt bläst der Wind, vertreibt ihn ohne Krach.
Der Himmel bläut, die Sonne jammert: „Ach". -
Und Schatten flimmern, sind des Lichtes Schwestern.

Ich dreh mich um, die Fensterläden klappern,
die Spatzen unterm Dach ganz munter plappern,
verkriech ins Betttuch mich, will mich nicht trennen,

doch Helligkeit durch alle Ritzen blitzt,
die Katze hin zur Klappe trippelt, flitzt.
Ich hör sie hinterm Haus 'ner Maus nachrennen.

HEXENZAUBER

W ie sagt der Volksmund: April, April, der macht, was er will. in dieser Nacht schien sich das zu bewahrheiten. Am Brockenberg hingen die Wolken tief herab, der Himmel war zugezogen, der Wind heulte durch die Straßen und zog um die Häuser. In dieser Nacht verschwammen die Grenzen zwischen den Welten, denn es war Walpurgisnacht. Der Legende nach sollten die Hexen tanzen und auf dem Besenstiel davonfliegen.

In dem Dorf am Fuß des Brockenbergs lebte in einem alten, verwitterten Häuschen die alte Dame Walburga. Von den Nachbarn gemieden hörte sie meist ein Flüstern hinter ihrem Rücken. Für sie war sie keine Dame, nein, sie hielten sie für eine böse Hexe. Dabei war Walburga eine kundige Frau, die alle Geheimnisse der Kräuter kannte und die Magie der Natur erkundete.

Im Umkreis des Dorfes gab es eine kleinere Gruppe von Frauen, die ebenfalls die Naturheilkunde praktizierten und die Geheimnisse der Zwischenwelt aufspürten. In der Walpurgisnacht trafen sie sich traditionell auf dem Brocken. Walburga zog ihr Blumenkleid an, schmückte ihr Haar mit einem geflochtenen Kräuterkranz und nahm einen Stock mit.

Um Mitternacht war die Luft wie elektrisch geladen. Es zuckten Blitze und das Licht des Vollmonds tauchte den Gipfel des Brocken in ein gespenstisches Licht. Walburga hörte bereits von ferne den Gesang und das Gelächter ihrer Kolleginnen. Sie trat aus dem Schatten. Für einen Moment war es still. Die jüngeren Kolleginnen wollten sie aber nicht in ihrem Kreis haben. „Was willst du hier Walburga?", fragte Urania.

Walburga ließ sich nicht beirren. „Ich bin gekommen, um euch zu bitten, unsere Kräfte nicht nur für uns selbst, sondern auch für die Menschen in unseren Dörfern zu nutzen. So lernen sie, ihr Misstrauen und ihre Ängste zu überwinden, damit wir endlich einen gemeinsamen Frieden finden."

Ein Blitz schlug ein, die Bäume rauschten im Sturmwind. Einige schüttelten den Kopf. „Warum sollen wir denen helfen, die uns missachten?"

„Nur wenn sie verstehen, was wir tun, können wir sie von der Heilkraft der Natur überzeugen. Wenn wir unsere Magie und unser Wissen zum Wohle aller einsetzen, beginnen sie zu begreifen, dass wir ganz normale Menschen sind." Walburga hoffte auf Zustimmung.

Eine Frau mittleren Alters sagte: „Sie hat recht. Wir sind nicht nur der Naturheilkunde mächtig, wie sind auch die Hüterinnen der Natur und ihrer Magie. Lasst uns einen Zauber beschwören und unsere positive Energie zu den Menschen schicken." Walburga war erleichtert. Sie schlossen einen Kreis, verbanden ihre Kräfte, schlugen die Stöcke zusammen, tanzten und riefen: „Faunus, deus magnus naturae, custodire populum, defendat contra morbos, defendat ab infortunio et calamitate. Deus magnus Naturae, auxirio venire." Es sollte die Dorfbewohner vor Krankheiten und Unglücken schützen. Sie tanzten bis zu Erschöpfung und riefen immer wieder diese Worte in den Himmel. Als der Morgen dämmerte, verließen sie den Brocken und kehrten in ihre Häuser zurück. Die Bewohner sahen angstvoll auf den Gipfel. Sie sahen die zuckenden Blitze, hörten den Sturmgesang und das Rauschen des Waldes. Das Licht, das sich um Mitternacht über dem Gipfel des Brocken spiegelte, versetzte sie in Angst und Schrecken. „Die Hexen tanzen", raunte es durch die Straßen.

In den folgenden Wochen beobachteten sie Walburga genau. Wenn sie einkaufen ging, drehte ihr jeder den Rücken zu. Als der Zauber zu wirken begann, fiel das Misstrauen von ihnen ab. Sie fühlten sich plötzlich gut und fröhlich, lachten und redeten miteinander. Es war, als hätte jemand die Zeit getauscht. Die gute Stimmung übertrug sich auf alle in den Dörfern.

Als Walburga wieder einmal auf dem Markt nach verschiedenen Kräutern suchte, fragte eine Passantin sie, ob sie ein Mittel gegen Husten wüsste. Ihr Kind sei krank geworden, obwohl es allen gut ginge. Walburga mischte ihr einen Tee und gab ihr einen Kräutersud zum Inhalieren. Das Kind erholte sich sehr schnell. Es sprach sich im Dorf herum und andere fragten Walburga um ihren Rat. Plötzlich standen sie Schlange vor ihrem Häuschen und gewannen Vertrauen in das Wissen der angeblichen Hexe.

Auch den anderen Kolleginnen ging es so. Sie hatten es gemeinsam geschafft, in der Walpurgisnacht den Grundstein für ein friedliches Zusammenleben zu legen. Sie trafen sich noch einmal auf dem Gipfel des Brocken und dankten dem Gott der Natur für seine Hilfe und Unterstützung. Die Walpurgisnacht verlor ihren Schrecken und wurde fortan in den Dörfern mit sogenannten harmlosen Hexenscherzen gefeiert.

FUNKSPRUCH

Liebes Wetter,
lass den April ein Frühling sein,
kein Schloßenschießer,
kein Windbläser.

Auch er will nur durch den Monat
kommen, um am Ende
auf dem Besen davon zu reiten.

WETTERHEXE

Eine kleine grüne Echse
raste durch den Wald.
Es nahte eine Wetterhexe,
die war schwarz und kalt.

Wenn sie durch die Landschaft zog,
hörten sie ein Heulen.
Wer vom rechten Weg abbog,
den begleiteten die Eulen.

Alle machten sich davon,
wenn die Hexe kam,
manche sie bedauerten,
kämpften mit der Scham.

Plötzlich sah sie niemand mehr,
sie ließ sich nicht mehr blicken.
Jetzt rätseln alle bittesehr.
Soll'n sie 'nen Spürhund schicken?

TANZ IN DEN MAI

In einer Hügellandschaft versteckt lag der Ort Blumening Jedes Jahr warteten die Bewohner sehnsüchtig auf den Mai. Die ersten blühenden Blumen durchbrachen den frostigen Boden und die Bäume entfalteten ihre zarten, grünen Blattknospen. Die Schwalben kehrten aus ihren Winterquartieren zurück und erfüllten die Luft mit ihrem fröhlichen Gesang. Die Kinder von Blumening waren voller Vorfreude, denn der erste Mai war immer ein Festtag.

An so einem Morgen versammelten sich die Dorfbewohner auf dem Dorfplatz. Mit bunten Blumenkränzen und fröhlichen Gesichtern feierten sie das Maifest. Die Frauen trugen hübsche, handgenähte Kleider, während die Männer in ihren besten Anzügen erschienen. Es gab Musik, Tänze und köstliche Speisen, die alle aus den frischen Zutaten der Saison zubereitet wurden.

In der Mitte des Platzes stand ein großer Maibaum, geschmückt mit bunten Bändern und Blumen. Die Kinder hüpften aufgeregt um den Baum, während die Erwachsenen die traditionellen Tänze aufführten. Unter den Zuschauern war auch die kleine Maria, ein neugieriges Mädchen mit langen, blonden Zöpfen. Sie träumte davon, eines Tages den Maibaum selbst zu schmücken. Als die Feierlichkeiten ihren Höhepunkt erreichten, bemerkte Maria einen alten Mann, der allein am Rand des Platzes stand. Er hatte einen langen, weißen Bart und trug eine abgewetzte Jacke. Maria hatte ihn noch nie zuvor gesehen und beschloss, ihn anzusprechen. „Warum feierst du nicht mit uns?" fragte sie mutig.

Der alte Mann lächelte sanft und antwortete: „Ich habe viele Feste in meinem Leben gefeiert, aber jetzt finde ich Freude darin, die Freude der anderen zu beobachten."

Maria dachte kurz nach und fragte dann: „Möchtest du nicht mit mir tanzen?"

Überrascht von der herzlichen Einladung nahm der alte Mann Marias Hand und gemeinsam tanzten sie um den Maibaum herum. Die Dorfbewohner schauten verwundert, doch angesteckt von der Fröhlichkeit dieses ungleichen Tanzpaares schlossen sie sich an und die Musik erfüllte den ganzen Platz mit Leben. Es war ein Anblick voller Glück und Zusammenhalt.

Als der Abend dämmerte und die Lichter der Laternen zu leuchten begannen, verabschiedete sich der alte Mann. „Danke, kleine Maria. Du hast mir einen besonderen Moment geschenkt. Vergiss nie, dass Freude oft in den einfachsten Gesten steckt."

Maria schaute ihm nach, während er in der Abenddämmerung verschwand. Sie fühlte sich inspiriert und beschloss, auch in den kommenden Tagen darauf zu achten, anderen Freude zu bereiten. Der Mai war für sie nicht nur ein Monat des Frühlings, sondern auch ein Monat der Freundschaft und des Miteinanders geworden.

Maria sah den alten Mann nie wieder. Sie wusste aber, dass er recht hatte, die wahre Magie des Monats Mai lag in der Verbindung der Menschen zueinander und der Gesellschaft um sie herum.

DIE KAKTUSEXPERTIN

Anika saß auf der Bank und blinzelte. Die Sonne hüllte den Horizont in ein gelbes, warmes Licht, während Benny mit einer Picknickdecke und einem Korb voller Snacks daherkam. Sie hatten sich am gestrigen Morgen zum Picknick verabredet. „Guten Morgen, Anika! Ist das nicht ein herrlicher Frühlingstag?" Anika lächelte: „Oh ja, Benny! Endlich sind die kalten Tage vorbei. Ich habe den Frühling so vermisst!"

Benny breitete die Picknickdecke aus: „Ich auch! Ich dachte mir, wir könnten ein kleines Picknick machen. Was hältst du davon?" Anika nickte zustimmend und freute sich: „Das klingt großartig! Was hast du bloß alles mitgebracht?"

Benny öffnete den Korb. „Lass mich sehen." Anika schaute in den Korb hinein. „Das sieht aber gut aus."

„Ich habe Sandwiches, Obst und natürlich eine große Flasche Limonade mitgebracht", präsentierte Benny das Frühlingsfrühstück. Anika war begeistert: „Perfekt! Nichts schreit mehr Frühling als ein erfrischendes Glas Limonade!"

Benny goss die Limonade ein und reichte Anika ein Glas. „Prost auf den Frühling! Auf neue Anfänge und blühende Blumen!" Anika hob ihr Glas: „Prost! Und auf hoffentlich weniger Allergien!" Beide lachten herzlich und stießen an.

Benny beobachtete die Umgebung: „Schau dir all die Blumen an! Ich habe gehört, dass die Leute in dieser Jahreszeit gerne Gärten anlegen. Hast du schon an einen Garten gedacht?" Anika seufzte: „Oh, ich habe es versucht! Aber ich habe mehr Pflanzen umgebracht als ich je blühen lassen konnte."

„Vielleicht solltest du ein Überlebenshandbuch für Pflanzen lesen!", riet Benny.

„Oder ich könnte einfach einen Kaktus kaufen. Die überleben einfach alles!"

Benny nickte: „Gute Idee! Der unverwüstliche Kaktus, das klingt nach einem Bestseller!"

Sie aßen ein Sandwich und wärmten sich in der Sonne. Anika räkelte sich und blickte auf die Vögel. „Schau mal, die Vögel sind zurück! Ich liebe es, ihren Gesang zu hören." Benny schaute hoch: „Ja, sie scheinen richtig fröhlich zu sein. Vielleicht haben sie auch ein Picknick organisiert!" Anika lachte: „Vielleicht! Feier der gefiederten Freunde, das wäre doch auch ein Hit!"

Plötzlich flog ein Vogel direkt über sie und setzte sich auf einen nahegelegenen Ast. Benny zeigte auf den Vogel: „Oh, schau! Der macht sich bereit für die große Frühlingsaufführung!" „Vielleicht wird er der nächste Superstar im Vogelmagazin!", scherzte Anika.

„Und wenn er nicht gewinnt, kann er immer noch als Vogel der Herzen auftreten", fuhr Benny fort.

Anika meinte nachdenklich: „Weißt du, der Frühling ist wirklich eine schöne Zeit. Er erinnert uns daran, dass nach jedem Winter wieder neues Leben kommt."

„Absolut! Und es ist die perfekte Zeit, um neue Dinge auszuprobieren. Vielleicht fange ich an, zu gärtnern!", überlegte Benny.

„Und wenn du Hilfe brauchst, rufe einfach die Kaktus-Expertin an!"

„Abgemacht. Aber ich werde versuchen, mehr als nur einen Kaktus zu pflanzen."

Sie stießen erneut an und genossen die Sonne, während die Vögel eine Melodie nach der anderen zwitscherten.

MAI

Mit Farbenfreude will der Mai uns grüßen.
Die Bäume kleiden sich mit frischem Grün,
dazwischen Vögel und die Schmetterlinge ziehn,
den himmelblauen Blick uns zu versüßen.

Die Tage sind schon länger, Nächte milder.
Die Lebensfreude heiter wiederkehrt,
und helles Gelb den Sonnenglanz vermehrt.
Der Monat ist das Herz der Frühlingsbilder.

Es feiert die Natur den Mut der Liebe,
sie ist des Lebens zärtlichste Manier,
die Hoffnung ihre schönste Farbenzier,
dass alle Glut in unsrer Seele bliebe.

So lasst es duften, strahlen, überschimmern,
dass Sonnenaugen funkeln im Gesicht,
und jedes Lächeln spiegelt sich im Licht
der Liebe, welch seelenfrohes Flimmern.

ALLES NEU MACHT DER MAI

Mit der Apfel- und Fliederblüte hält der Vollfrühling seinen Einzug. In den kommenden Wochen gehen Futterrüben und Kartoffeln auf, die Halme des Wintergetreides schoßen. Auch kommen die ersten Ähren des Winterroggens schon aus der obersten Blattscheide heraus, während die Apfelblüte zu Ende geht.

Im Vollfrühling duften Goldregen und Maiglöckchen, Eberesche und Weißdorn treiben aus. Mit dem Beginn der Himbeerblüte endet die Frühlingszeit. Kommt ein Kälterückfall, werden die Eisheiligen dafür verantwortlich gemacht. Die Eisheiligen gehören zu den Wetterheiligen, die angerufen werden, um für günstiges Wetter in der Landwirtschaft zu bitten, damit keine Hungersnöte entstehen. Die Gedenktage richten sich zeitlich betrachtet noch nach dem julianischen Kalender. Daher treten die Wettererscheinungen meist 10 Tage später auf.

„Alles neu macht der Mai", singen wir auch heute noch. Die Hochzeit der Düfte ist noch nicht beendet. Der Mai ist der Muttergottes geweiht mit einem vielfältigen Brauchtum. Maialtäre werden aufgebaut und Maiprozessionen abgehalten. Seit Jahrhunderten stellen sich einzelne Gläubige, Orden und geistliche Gemeinschaften, Bistümer wie die Erzdiözese Freiburg, aber auch Städte oder Länder unter den Schutz der Gottesmutter.

Schon in der Antike wurde Maria als Patronin verehrt. Vor allem im Osten wurde die Gottesmutter als Beschützerin der Christenheit angerufen. Im kaiserlichen Konstantinopel, wo Kleid und Schleier als Marienreliquien verehrt wurden, schrieb man die Abwehr feindlicher Belagerungen dem Schutz der Gottesmutter zu.

Nach einer Legende rettete Maria mit ihrem Umhang einen jüdischen Knaben vor dem sicheren Feuertod. Über die praktische Bedeutung als Kleidungsstück hinaus hat der Mantel in vielen Kulturkreisen seit jeher eine symbolische Bedeutung.

Bei Königen und Königinnen ist er Zeichen der Herrschaft und Würde. Außerdem symbolisiert er Schutz und Geborgenheit.

Neben der Lilie, der Rose, der gewöhnlichen Akelei, der Schlüsselblume und anderen Pflanzen zählt das Maiglöckchen zu den sogenannten Marienblumen und steht als Symbol für die keusche Liebe, die Demut und die Bescheidenheit von Maria. Man nennt es auch Maililie, Maischelle, Mairöschen, Marienglöckchen, Marienträne. Die Legende besagt, dass die Maiglöckchen aus den Tränen Mariens entstanden seien, die sie unter dem Kreuze Jesu vergossen hat.

Das Maiglöckchen ist besonders giftig. Alle seine Pflanzenteile enthalten zahlreiche verschiedene Wirkstoffe. Besonders gifthaltig sind Blüte und Früchte.

Bei äußerlichem Kontakt können Haut- und Augenreizungen entstehen. 2014 wurde das Maiglöckchen zur Giftpflanze des Jahres erhoben. Übrigens ist in Frankreich am 1. Mai der „jour de muguet", d.h. Maiglöckchentag. Man verschenkt Maiglöckchensträuße, sie gelten als Glückbringer.

DIE SCHWALBE

Schwalben ziehen übers Land,
fliegen hoch am Himmelsrand.
künden von Mariens Glück,
Frühling kommt zu uns zurück.

Welche Federeleganz,
wie ein Frack der Schwalbenschwanz.
Sie formieren sich geschwind,
tanzen mit dem Sonnenwind.

Bauen ihre Nester wieder,
hängen unterm Dach hernieder.
Muttergottesvogels Tatkraft
für ein Schwalbenhaus mit Tragkraft.

Alles blüht und duftet friedlich;
wenn die kleinen Schwälblein niedlich
schlüpfen aus im Kindernest,
feiern sie das Elternfest.

Steht September im Kalender
sammeln sie sich am Geländer,
auf Leitungen und Kirchendächern,
um sich in Schwärmen aufzufächern.

In die Sahara fliegen sie,
bilden eine Kolonie.
Doch sind sie ihren Nestern treu,
brüten hier jedes Jahr aufs Neu.

DIE HÖHLENKINDER

E in Wunder war der Frühling, das mich jedes Jahr in Erstaunen versetzte. Ich stand früh auf, um vor Schulbeginn mit der Bittprozession mitlaufen zu können.

Treffpunkt war die Pfarrkirche Sankt Blasius und Martinus. Von dort aus ging es die Eichbergstraße hinauf hinter dem Friedhof vorbei durch die Feldwege zurück auf die Straße Zum Rotwäldchen, geradeaus zur Schönstattkapelle und wieder zurück.

Wir beteten den Rosenkranz. Eine der Frauen aus dem Mütterverein betete vor. Mutter hatte gesagt, Vorbeterinnen müssten mit kräftiger, fester Stimme sprechen können, um vom Pilgerzug gehört zu werden.

Für diese Aufgabe meldeten sich viele Frauen. Vorbeterin zu sein war eine Vormachtstellung in der katholischen Frauengemeinschaft. Hin und wieder gab es daher ein Gerangel bei der Frage, wer an welchem Tag das Kirchenvolk durch die Felder leiten durfte. Meine Mutter hatte daran jedoch kein Interesse. Den Pastor störte dieser Pilgerinnenkrieg weniger. Je mehr Frauen sich darum bemühten, desto größer war seine Wahl und das Engagement der Frauen in seiner Pfarrgemeinde.

Während der frühmorgendlichen Wanderung beobachtete ich die Saarwellinger Landschaft. Ich entdeckte am Wegesrand Frühaufsteher wie mich: Feldmäuse, Salamander, Blindschleichen und einen Reigen singender Vögel. Das Schönste im Mai jedoch war, dass ich zu Hause einen Marienaltar herrichten und mit Blumen schmücken durfte. Muttergottesblumen sollte ich pflücken, Butterblumen und Lupinen. Mutter sagte: „Wenn du der Mutter Gottes die schönsten Wiesenblumen pflückst, wird die schönste aller Frauen noch schöner und ihr Glanz fällt auf dich zurück."

So tobte ich mit meiner Freundin und den Jungs, die in meiner Straße wohnten, in den Wiesen herum, die an die Häuser und die Uferböschung des Ellbachs angrenzten, um Blumen zu pflücken. Auch sonntags trafen wir uns, denn der Marienaltar musste täglich erneuert werden.

Sonntags trugen alle Mädchen weiße Schürzen. Das gehörte sich so. Im Fernsehen lief gerade die Serie ‚Die Höhlenkinder'. Da wir noch keinen Fernsehapparat hatten, sah ich die Serie mit meiner Kusine bei ihr zuhause an.

Wir hatten damals weder ein Fernsehgerät noch eine Waschmaschine. Waschen war Handarbeit im wahrsten Sinn des Wortes. Freitags war traditioneller Waschtag. Mutter stand stundenlang in gebückter Haltung am heißen Kessel, um jedes einzelne Stück zu reiben und auszuwringen und wieder zu reiben und auszuwringen. Oft konnte sie sich nach so einem Tag harter Arbeit nicht mehr richtig aufrichten. Weshalb sie mich immer darauf aufmerksam machte, dass ich ganz besonders gut auf meine weiße Sonntagsschürze achten sollte. Denn die musste in die Kochwäsche.

Meine Freundin und ich waren von der Sendung so begeistert, dass wir uns wie die Höhlenkinder eine eigene Höhle einrichten wollten. Wir würden wie die Erwachsenen alles selbst bestimmen und ich könnte dann auch einmal die Mutter sein, die ihr Kind aufs Zimmer schickte, wenn es etwas Unerlaubtes geredet oder getan hätte. Mutter sagte oft: „Wenn du einmal erwachsen bist, wirst du verstehen, warum ich dich auf dein Zimmer schicke."

Wir suchten in der Umgebung nach einer entsprechenden Behausung, erforschten zuerst die Rohbauten, in denen wir aber nicht sesshaft werden konnten. Montags wurde nämlich unsere Wohnung von den Bauarbeitern immer wieder zerstört. So stöberten wir weiter und fanden schließlich an einem Sonntag in der Kanalisation, die unser Dorf in der Mitte untertunnelte, eine Röhre, die groß genug dafür war. Wir gingen hinein. In dieser Höhle konnten wir sogar aufrecht stehen. Dies war wichtig, um unsere weißen Schürzen nicht zu verschmutzen.

Wir hatten nicht bemerkt, dass die Jungs aus unserer Straße uns gefolgt waren. Da wir sie nicht mitspielen lassen wollten, fingen sie an, von oben in die Rinne, in der das Wasser stand, Steine zu werfen, dass es nach allen Seiten hin spritzte. Wir erschraken, denn das Spritzwasser drohte unsere Schürzen zu beflecken. Das würde mir Mutter nie verzeihen! Wir baten die Jungs, damit aufzuhören. Doch je mehr wir sie darum baten, desto mehr Steine prasselten ins Kanalwasser und desto mehr braune Brühe hüpfte auf unsere Schürzen.

Völlig verschmutzt kam ich zu Hause an. Ich schlich mich ins Wohnzimmer, um die gesammelte Blütenpracht in die Vase des Marienaltars zu stellen. Mutter kam aus der Küche, sah die Bescherung und schlug die Hände über dem Kopf zusammen. Außer sich vor Ärger und Wut schimpfte sie so laut wie nie zuvor: „Wo um alles in der Welt bist du gewesen. Ehrt man so den heiligen Sonntag. Na warte!"

Dabei schnappte sie sich den Besen, der in der Ecke stand, um mir den Allerwertesten zu polieren. Dies war ein ganz neues Erlebnis für mich, denn meine Mutter hatte mich noch nie geschlagen.

Aufgeschreckt lief ich um den Tisch herum, doch Mutter kam immer hinterdrein. Ich versuchte, ihr zu erklären, was geschehen war. Aber es fruchtete nicht.

"Was sind denn das für Ausreden", rief sie erregt. "Nicht die Jungs sind schuld daran, dass du so aussiehst. Wer mit dem Feuer spielt, wird sich auch früher oder später daran verbrennen! Wie oft habe ich dir schon gesagt, dass du vorher nachdenken sollst, bevor du etwas tust. Dann brauchst du hinterher keine Ausreden zu suchen!"

Bevor sie den ungeliebten Satz aussprechen konnte, dass ich in mein Zimmer gehen soll, rannte ich die Treppe hinauf und verschloss die Tür.

Draußen tobte Mutter weiter: „Was um alles Welt hast du in der Kanalisation zu suchen! Du bist ein Mädchen, sollst eine Familie gründen und Kinder in die Welt setzen. Darüber wirst du jetzt nachdenken. Und zwar eine Woche lang. Hörst du!"

„Ja, Mama", sagte ich kleinlaut. Ich konnte ihr nicht mehr sagen, dass wir doch genau das spielen wollten. Wir hatten uns wohl den falschen Ort dafür ausgesucht. So baute ich in meinem Zimmer aus der Matratze und dem Betttuch eine Höhle, um das Spiel der Höhlenkinder zu Ende spielen zu können.

ZARTRÖCKCHEN MAIGLÖCKCHEN

Zartröckchen Maiglöckchen,
wann läutest du leis?
Du wächst unter Bäumen
mit lieblichem Fleiß.

Zartröckchen Maiglöckchen,
versteckst dich im Licht.
Du trägst deine Anmut
als himmlische Pflicht.

Zartröckchen Maiglöckchen,
du tanzt mit dem Wind,
verschwendest dein Leuchten
im Garten geschwind.

Zartröckchen Maiglöckchen,
du duftende Zier,
entblättre dein Röckchen,
wir danken es dir.

WERKVERZEICHNIS

Vermisstenanzeige. Gewidmet den ermordeten Juden des Naziregimes. Lyrik und Prosa. Vera Hewener. Libri BoD. Norderstedt 2000. ISBN 3-8311-0748-3. 2. erw. Auflage 2014. ISBN 978-3831107483.

Lichtflut. Reisenotizen. Lyrik und Prosa. Vera Hewener. Edition Calamus. Norderstedt 2001. ISBN 3-8311-1493-5. 2. erw. Auflage 2014. ISBN 987-3831114931.

Eine Neigung aus Blau. Gegenwartslyrik. Vera Hewener. Norderstedt 2002. ISBN 3.8311-3334-4. 2. Auflage 2014. ISBN 9783831133345

Bist Himmel mir und tausend Feuerfunken. Gedichte. Vera Hewener. Mauer Verlag. Rottenburg a/N. 2003. ISBN 3-937008-46-2.

Verwirbelungen der Zeit. Vera Hewener. Lyrik mit Bildern von Carolin Isele. WiKu Éditions Paris E.U.R.L. Paris und WiKu Verlag KG Berlin 2005. ISBN 3-86553-203-9.

Es kommen andere Ewigkeiten. Gedichte. Vera Hewener. WiKu Édition Paris ISBN 2-84976-0188 WiKu Verlag 2007. ISBN 978-3-86553-189-6.

Himmelsstürme. Vera Hewener. Gedichte mit Fotografien. edition Wort Verlag Bitburg 2010. ISBN 978-3-936554-00-3.

Das Jahr: Dichtung in vier Sätzen. Vera Hewener. Gedichte mit Fotografien. BoD Books on Demand Norderstedt 2013. ISBN 978-3-7322-3168-3.

Zaubervolle Winterwelt. Gedichte, Geschichten, Notizen. Vera Hewener. Verlag BoD Books on Demand. Norderstedt 2014. ISBN 9783735761262.

Frühlingsserenade. Die schönsten Gedichte, Geschichten und Notizen zur Frühlingszeit. Vera Hewener. Verlag BoD Books on Demand. Norderstedt 2015. ISBN 978-37347-3140-2.

Die Blüte des Sommers. Sommeranthologie. Die schönsten Gedichte, Geschichten und Kalendernotizen. Vera Hewener. Verlag BoD Books on Demand. Norderstedt 2015. ISBN 978-3-7347-89540.

In der Saar schwimmen keine Krokodile. Gegenwartslyrik & Texte. Vera Hewener. Verlag BoD Books on Demand. Norderstedt 2015. ISBN 9783738635676

Von Lorraine nach Aquitaine. Reisenotizen in Lyrik und Prosa. Reiseliteratur Band 1. Vera Hewener. Verlag BoD Books on Demand. Norderstedt 2016. ISBN 9783741210860.

Du trocknest meine Tränen wieder. Religiöse Lyrik & Texte. Vera Hewener. Verlag BoD Books on Demand. Norderstedt 2016. ISBN 9783743113589.

Zaubervolle Jahreszeiten. Der Frühling. Vera Hewener. Verlag BoD Books on Demand. Norderstedt 2017. ISBN 9783743125117.

Aus meinem Federkiel. Magische Momente. Natur & Seele. Gedichte. Vera Hewener. Verlag BoD Books on Demand. Norderstedt 2017. ISBN 9783744870511.

Zaubervolle Jahreszeiten. Der Sommer. Vera Hewener. Verlag BoD Books on Demand. Norderstedt 2017. ISBN 9783744870993.

„Kerzen, Wunder, Himmels-Zunder". Vera Hewener. Lustige und besinnliche Geschichten und Gedichte zur Advents- und Weihnachtszeit. Verlag BOD Books on Demand. Norderstedt 2017. ISBN 9783744893824. 2. Ausgabe 2019. ISBN 9783738629682.

Die Jahreszeiten: Auslese. Gedichte. Vera Hewener. Verlag BOD Books on Demand. Norderstedt 2018. ISBN 9783738636017.

Werkausgabe Band I. Frühe Gedichte 1970-1999. Verlag BOD Books on Demand. Norderstedt 2018. ISBN-13: 9783746025292.

Kinder, Hund, Familienbund. Lustiges, Tierisches und Allzumenschliches in Lyrik und Prosa. Vera Hewener. Verlag BOD Books on Demand. Norderstedt 2018. ISBN 9783746056821.

Zaubervolle Jahreszeiten. Der Herbst. Vera Hewener. Verlag BoD Books on Demand. Norderstedt 2018. ISBN 9783752842135.

Christnacht, Glocken, Engelslocken. Gedichte und Geschichten zur Weihnacht. Vera Hewener. Verlag BoD Books on Demand. Norderstedt 2018. ISBN 9783748107637. 2. Ausgabe 2019. ISBN 9783741251641.

In der Saar feiern die Fische. Gegenwartslyrik & Szenen. Vera Hewener. Verlag BoD Books on Demand. Norderstedt 2019. ISBN 9783732237142. 2. Aufl. 2020. ISBN 9783752810080.

Von Brandasund bis Nasholim. Reisegedichte, lyrische Ausflüge, Geschichten und Notizen. Reiseliteratur Band 2. Vera Hewener. Verlag BoD Books on Demand. Norderstedt 2019. ISBN 9783732235841.

Tannen, Lobgesang, Weihnachtsklang. Gedichte, Geschichten, Liedtexte und Bühnenstücke zur Advents- und Weihnachtszeit. Vera Hewener. Verlag BoD Books on Demand. Norderstedt 2019. ISBN 9783750400030.

In der Saar tanzen die Schwäne. Gedichte, Geschichten & Szenen. Vera Hewener. Verlag BoD Books on Demand. Norderstedt 2020. ISBN 9783751921060.

Zaubervolle Weihnachtswelt. Geschichten, Gedichte, Stücke & Notizen zur Advents- und Weihnachtszeit. Vera Hewener. Verlag BoD Books on Demand. Norderstedt 2020. ISBN 9783752606409.

Weihnachtsklang, Lobgesang. Deutsche Gedichte und Nachdichtungen internationaler Weihnachtslieder, Gospels, Spirituals und deutsche Weihnachtslieder in moselfränkischer Mundart. Vera Hewener. Verlag BoD Books on Demand. Norderstedt 2020. ISBN 9783752606393.

Sodom und Camorra. Kurze Bühnenstücke für viele Gelegenheiten. Vera Hewener. Verlag BoD Books on Demand. Norderstedt 2020. ISBN 9783752606386.

Oh Frühling, komm! Natur, Stadt & Land. Die schönsten Frühlingsgedichte. Vera Hewener. Verlag BoD Books on Demand. Norderstedt 2021. ISBN 9783753439594.

Oh Sommer, leuchte. Natur, Stadt & Land. Die schönsten Sommergedichte. Vera Hewener. Verlag BoD Books on Demand. Norderstedt 2021. ISBN 9783753421414.

Oh Herbst, wandle!. Natur, Stadt & Land. Die schönsten Herbstgedichte. Vera Hewener. Verlag BoD Books on Demand. Norderstedt 2021. ISBN 9783754320655.

Oh Winter, schneie! Natur, Stadt & Land. Die schönsten Wintergedichte. Vera Hewener. Verlag BoD Books on Demand. Norderstedt 2021. ISBN 9783754347034.

Das kleine Tännlein. Die schönsten Weihnachtgeschichten. Vera Hewener. Verlag BoD Books on Demand. Norderstedt 2021. ISBN 9783755701705.

Denn die Zeit ist des Ewigen Aufgang. Zeitgedichte von der Morgenröte bis zur Abendstunde. Vera Hewener. Verlag BoD Books on Demand. Norderstedt 2022. ISBN 9783755738756.

Denn die Nacht ist der Spiegel der Sterne. Abend- und Nachtgedichte. Vera Hewener. Verlag BoD Books on Demand. Norderstedt 2022. ISBN 9783755730125.

Verrückte Tierliebe. Tiergedichte für alle Generationen. Vera Hewener. Verlag BoD Books on Demand. Norderstedt 2022. ISBN 9783754359860.

Wellen, Wogen, Himmelsbogen. Gedichte und Geschichten über Meere, Ströme und Gewässer. Vera Hewener. Verlag BoD Books on Demand. Norderstedt 2022. ISBN 9783755734468.

Äpfel, Nuss und Mandelkuss. Weihnachtsgeschichten. Vera Hewener. Verlag BoD Books on Demand. Norderstedt 2022. ISBN 9783756223770.

Das Licht der Weihnacht. Die schönsten Weihnachtsgedichte. Vera Hewener. Verlag BoD Books on Demand. Norderstedt 2022. ISBN 9783756844197.

In Paris ist die Zeit verschwunden. Gedichte. Vera Hewener. Verlag BoD Books on Demand. Norderstedt 2023. 2. Auflage 2024. ISBN 9783734714283.

Oh Rose, Zauberblume, Rosengedichte und Geschichten. Vera Hewener. Verlag BoD Books on Demand. Norderstedt 2023. ISBN 9783738612936.

Vom Salzburger Land bis Südtirol. Reisenotizen in Lyrik und Prosa. Reiseliteratur Band 3. Vera Hewener. Verlag BoD Books on Demand. Norderstedt 2023. ISBN 9783744818124.

Weihnachtstheater. Kurze Bühnenstücke, Sketche. Vera Hewener. Verlag BoD Books on Demand. Norderstedt 2023. ISBN 9783746092607.

Heller Glanz in stiller Nacht. Neue Weihnachtsgeschichten, Gedichte. Vera Hewener. Verlag BoD Books on Demand. Norderstedt 2023. ISBN 9783755700357.

Naturgedichte. Landschaften, Städte, Jahreszeiten. Vera Hewener. Verlag BoD Books on Demand. Norderstedt 2024. ISBN 9783757830540.

Pfeift ein Vogel den Liebeslaut. Vogelgedichte, Notizen, Geschichten. Vera Hewener. Verlag BoD Books on Demand. Norderstedt 2024. ISBN 9783758371417.

Unterwegs in Deutschland. Reisenotizen in Lyrik und Prosa. Reiseliteratur Band 3. Vera Hewener. Verlag BoD Books on Demand. Norderstedt 2024. ISBN 9783759729132.

Wunderheilig glänzt die Nacht. Weihnachtsgeschichten, Gedichte. Vera Hewener. Verlag BoD Books on Demand. Norderstedt 2024. ISBN 9783759723604

Wenn Christrosen blühen. Die schönsten Weihnachtsgedichte Band II. Vera Hewener. Verlag BoD Books on Demand. Norderstedt 2024. ISBN 978375977993.

Im Haus wohnt eine Künstlermaus. Lustige Gedichte für Kinder, Erwachsene und Senioren. Vera Hewener. Verlag BoD Books on Demand. Norderstedt 2025. ISBN